U0519601

师文大水

草木虫鱼

周作人 著

四川文艺出版社

图书在版编目（CIP）数据

草木虫鱼 / 周作人著 . — 成都：四川文艺出版社，
2019.9

ISBN 978-7-5411-5062-3

Ⅰ . ①草… Ⅱ . ①周… Ⅲ . ①小品文—作品集—
中国—现代 Ⅳ . ① I266.3

中国版本图书馆 CIP 数据核字（2019）第 124400 号

CAOMUCHONGYU

草 木 虫 鱼

周作人 著

责任编辑	李淡宁 余 岚
封面设计	叶 茂
内文设计	史小燕
责任校对	段 敏
责任印制	崔 娜

出版发行　四川文艺出版社（成都市槐树街2号）

网　　址　www.scwys.com

电　　话　028-86259287（发行部）　028-86259303（编辑部）

传　　真　028-86259306

邮购地址　成都市槐树街2号四川文艺出版社邮购部　610031

排　　版　四川胜翔数码印务设计有限公司

印　　刷　四川华龙印务有限公司

成品尺寸	130mm×185mm	开　本	32开
印　张	8.75	字　数	130千
版　次	2019年9月第一版	印　次	2019年9月第一次印刷
书　号	ISBN 978-7-5411-5062-3		
定　价	38.00元		

草木虫鱼

编辑凡例

为尊重作者本人的写作风格及行文习惯，同时也为最大程度地保持那一时代的文体风貌，对于一些字词的写法、用语习惯等，本书依旧沿用原文用法，不按现行的文字规范进行修改，特此说明。

目录

娱 园

有三处地方，在我都是可以怀念的——因为恋爱的缘故。第一是《初恋》里说过了的杭州，其二是故乡城外的娱园。

娱园是皋社诗人秦秋渔的别业，但是连在住宅的后面，所以平常只称作花园。这个园据王眉叔的《娱园记》说，是"在水石庄，枕碧湖，带平林，广约顷许。曲构云缭，疏筑花幕。竹高出墙，树古当户。离离蔚蔚，号为胜区"。园筑于咸丰丁巳（一八五七年），我初到那里是在光绪甲午，已在四十年后，遍地都长了荒草，不能想见当时"秋夜联吟"的风趣了。园的左偏有一处名叫潭水山房，记中称它"方池湛然，帘户静镜，花水孕穀，笋石饁蓝"的便是。《娱园诗存》卷三中有诸人题词，樊樊山的《望江南》云：

"冰穀净，山里钓人居。花覆书床偎瘦鹤，波摇琴幌散文鱼：水竹夜窗虚。"

陶子缜的一首云：

"澂潭莹，明瑟敞幽房。茶火瓶笙山蛎洞，柳丝泉筑水凫床：古帧写秋光。"

这些文字的费解虽然不亚于公府所常发表的骈体电文，但因此总可约略想见它的幽雅了。我们所见只是废墟，但也觉得非常有趣，儿童的感觉原自要比大人新鲜，而且在故乡少有这样游乐之地，也是一个原因。

娱园主人是我的舅父的丈人，舅父晚年寓居秦氏的西厢，所以我们常有游娱园的机会。秦氏的西邻是沈姓，大约因为风水的关系，大门是偏向的，近地都称作"歪摆台门"。据说是明人沈青霞的嫡裔，但是也已很是衰颓，我们曾经去拜访他的主人，乃是一个二十岁左右的青年，跛着一足，在厅房聚集了七八个学童，教他们读《千家诗》。娱园主人的儿子那时是秦氏的家主，却因吸烟终日高卧，我们到傍晚去找他，请他画家传的梅花，可惜他现在早已死去了。

忘记了是那一年，不过总是庚子以前的事吧。那时舅父的独子娶亲（神安他们的魂魄，因为夫妇不久都去世了），中表都聚在一处，凡男的十四人，女的七人。其中有一个人和我是同年同月生的，我称她为姊，她也称我为兄：我本是一只"丑小鸭"，没有一个人注意的，所以我隐秘的怀抱着的对于她的情意，当然只是单面的，而且我知道她自小许给人家了，不容再有非分之想，但总感着固执的牵引，此刻想起来，倒似乎颇有中古诗人（Troubadour）的余风了。当时我们住在留鹤盦里，她们住在楼上。白天里她们不在房里的时候，我们几个较为年少的人便"乘虚内犯"走上楼去掠夺东西吃；有一次大家在楼上跳闹，我仿佛无意似的拿起她的一件雪青纺绸衫穿了跳舞起来，她的一个兄弟也一同闹着，不曾看出什么破绽来，是我很得意的一件事。后来读木下杢太郎的《食后之歌》，看到一首《绛绢里》不禁又引起我的感触。

"到龛上去取笔去，

钻过晾着的冬衣底下，

触着了女衫的袖子。

说不出的心里的扰乱，

'呀'的缩头下来：

南无，神佛也未必见罪罢，

因为这已是故人的遗物了。"

在南京的时代，虽然在日记上写了许多感伤的话（随后又都剪去，所以现在记不起它的内容了），但是始终没有想及婚嫁的关系。在外边漂流了十二年之后，回到故乡，我们有了儿女，她也早已出嫁，而且抱着痼疾，已经与死当面立着了，以后相见了几回，我又复出门，她不久就平安过去。至今她只有一张早年的照相在母亲那里，因她后来自己说是母亲的义女，虽然没有正式的仪节。

自从舅父全家亡故之后，二十年没有再到娱园的机会，想比以前必更荒废了。但是她的影象总是隐约的留在我脑底，为我心中的火焰（Fiammetta）的余光所映照着。

十二年三月

苍 蝇

苍蝇不是一件很可爱的东西,但我们在做小孩子的时候都有点喜欢他。我同兄弟常在夏天乘大人们午睡,在院子里弃着香瓜皮瓤的地方捉苍蝇——苍蝇共有三种,饭苍蝇太小,麻苍蝇有蛆太脏,只有金苍蝇可用。金苍蝇即青蝇,小儿谜中所谓"头戴红缨帽,身穿紫罗袍"者是也。我们把他捉来,摘一片月季花的叶,用月季的刺钉在背上,便见绿叶在桌上蠕蠕而动,东安市场有卖纸制各色小虫者,标题云"苍蝇玩物",即是同一的用意。我们又把他的背竖穿在细竹丝上,取灯心草一小段放在脚的中间,他便上下颠倒的舞弄,名曰"戏棍";又或用白纸条缠在肠上纵使飞去,但见空中一片片的白纸乱飞，很是好看。倘若捉到一个年富力强的苍蝇，用快剪将头切下，他的身子便仍旧飞去。希腊路吉亚诺思（Lukianos）的《苍蝇颂》中说："苍蝇在被切去了头之后，也能生活好些时光"，大约二千年前的小孩已经是这样的玩耍的了。

我们现在受了科学的洗礼，知道苍蝇能够传染病菌，因此对于他们很有一种恶感。二年前卧病在医院时曾作有一首诗，后半云：

"大小一切的苍蝇们，

美和生命的破坏者，

中国人的好朋友的苍蝇们呵，

我诅咒你的全灭，

用了人力以外的

最黑最黑的魔术的力。"

但是实际上最可恶的还是他的别一种坏癖气，便是喜欢在人家的颜面手脚上乱爬乱舔，古人虽美其名曰"吸美"，在被吸者却是极不愉快的事。希腊有一篇传说，说明这个缘起，颇有趣味。据说苍蝇本来是一个处女，名叫默亚（Muia），很是美丽，不过太喜欢说话。

她也爱那月神的情人恩迭米益（Endymion），当他睡着的时候，她总还是和他讲话或唱歌，弄得他不能安息，因此月神发怒，使她变成苍蝇。以后她还是纪念着恩迭米益，不肯叫人家安睡，尤其是喜欢搅扰年青的人。

苍蝇的固执与大胆，引起好些人的赞叹。诃美洛思（Homeros）在史诗中尝比勇士于苍蝇，他说，虽然你赶他去，他总不肯离开你，一定要叮你一口方才罢休。又有诗人云，那小苍蝇极勇敢地跳在人的肢体上，渴欲饮血，战士却躲避敌人的刀锋，真可羞了。我们侥幸不大遇见渴血的勇士，但勇敢的攻上来跐我们的头的却常常遇到。法勃耳（Fabre）的《昆虫记》里说有一种蝇，乘土蜂负虫入穴之时，下卵于虫内，后来蝇卵先出，把死虫和蜂卵一并吃下去。他说这种蝇的行为好像是一个红巾黑衣的暴客在林中袭击旅人，但是他的剽悍敏捷的确也可佩服，倘使希腊人知道，或者可以拿去形容阿迭修思（Odyssens）一流的狡狯英雄罢。

中国古来对于苍蝇也似乎没有什么反感。《诗经》里说："营营青蝇，止于樊。岂弟君子，无信谗言。"又云："非鸡则鸣，苍蝇之声。"据陆农师说，青蝇善乱色，苍蝇善乱声，所以是这样说法。传说里的苍蝇，即使不是特殊良善，总之决不比别的昆虫更为卑恶。在日本的俳谐中则蝇成为普通的诗料，虽然略带湫秽的气色，但很能表出温暖热闹的境界。小林一茶更为奇特，他同圣芳济一样，以一切生物为弟兄朋友，苍蝇当然也是其一。检阅他的俳句选集，咏蝇的诗有二十首之多，今举两首以见一斑。一云：

"笠上的苍蝇，比我更早地飞进去了。"

这诗有题曰"归庵"。又一首云：

"不要打那，苍蝇搓他的手，搓他的脚呢。"

我读这一句，常常想起自己的诗觉得惭愧，不过我的心情总不能达到那一步，所以也是无法。《埤雅》云："蝇好交其前足，有绞蝇之象，……亦好交其后足。"这个描写正可作前句的注解。又绍兴小儿谜语歌云："像乌虹豆格乌，像乌虹豆格粗，堂前当中央，坐得拉胡须。"也是指这个现象（格犹云"的"，坐得即"坐着"之意）。

据路吉亚诺思说，古代有一个女诗人，慧而美，名叫默亚，又有一个名妓也以此为名，所以滑稽诗人有句云：“默亚咬他直达他的心房。"中国人虽然永久与苍蝇同桌吃饭，却没有人拿苍蝇作为名字，以我所知只有一二人被用为诨名而已。

十三年七月

乌篷船

子荣君：

接到手书，知道你要到我的故乡去，叫我给你一点什么指导。老实说，我的故乡，真正觉得可怀恋的地方，并不是那里；但是因为在那里生长，住过十多年，究竟知道一点情形，所以写这一封信告诉你。

我所要告诉你的，并不是那里的风土人情，那是写不尽的，但是你到那里一看也就会明白的，不必啰唆的多讲。我要说的是一种很有趣的东西，这便是船。你在家乡平常总坐人力车，电车，或是汽车，但在我的故乡那里这些都没有，除了在城内或山上是用轿子以外，普通代步都是用船。船有两种，普通坐的都是"乌篷船", 白篷的大抵作航船用, 坐夜航船到西陵去也有特别的风趣, 但是你总不便坐, 所以我就可以不说了。乌篷船大的为"四明瓦"(Sy-menngoa), 小的为脚划船(划读如uoa)亦称小船。但是最适用的还是在这中间的"三道", 亦即三明瓦。篷是半圆形的, 用竹片编成, 中夹竹箬, 上涂黑油; 在两扇"定篷"之间放着一扇遮阳, 也是半圆的, 木作格子, 嵌着一片片的小鱼鳞, 径约一寸, 颇有点透明, 略似玻璃而坚韧耐用, 这就称为明瓦。三明瓦者, 谓其中舱有两道, 后舱有一道明瓦也。船尾用橹, 大抵两支, 船首有竹篙, 用以定船。船头着眉目, 状如老虎, 但似在微笑, 颇滑稽而不可怕, 惟白篷船则无之。三道船篷之高大约可以使你直立, 舱宽可以放下一顶方桌, 四个人坐着打麻将——这个恐怕你也已学会了罢? 小船则真是一叶扁舟, 你坐在船底席上, 篷顶离你的头有两三寸, 你的两手可以搁在左右的舷上, 还把手都露出在外边。在这种船里仿佛是在水面上坐, 靠近田岸去时泥土便和你的眼鼻接近, 而且遇着风浪, 或是坐得少不小心, 就会船底朝天, 发生危险, 但是也颇有趣味, 是水乡的一种特色。不过你总可以不必去坐，最好还是坐那三道船罢。

你如坐船出去，可是不能像坐电车的那样性急，立刻盼望走到。倘若出城，走三四十里路（我们那里的里程是很短，一里才及英里三分之一），来回总要预备一天。你坐在船上，应该是游山的态度，看看四周物色，随处可见的山，岸旁的乌桕，河边的红蓼和白蘋，渔舍，各式各样的桥，困倦的时候睡在舱中拿出随笔来看，或者冲一碗清茶喝喝。偏门外的鉴湖一带，贺家池，壶觞左近，我都是欢喜的，或者往娄公埠骑驴去游兰亭（但我劝你还是步行，骑驴或者于你不很相宜），到得暮色苍然的时候进城上都挂着薜荔的东门来，倒是颇有趣味的事。倘若路上不平静，你往杭州去时可于下午开船，黄昏时候的景色正最好看，只可惜这一带地方的名字我都忘记了。夜间睡在舱中，听水声橹声，来往船只的招呼声，以及乡间的犬吠鸡鸣，也都很有意思。雇一只船到乡下去看庙戏，可以了解中国旧戏的真趣味，而且在船上行动自如，要看就看，要睡就睡，要喝酒就喝酒，我觉得也可以算是理想的行乐法。只可惜讲维新以来这些演剧与迎会都已禁止，中产阶级的低能人别在"布业会馆"等处建起"海式"的戏场来，请大家买票看上海的猫儿戏。这些地方你千万不要去——你到我那故乡，恐怕没有一个人认得，我又因为在教书不能陪你去玩，坐夜船，谈闲天，实在抱歉而且惆怅。川岛君夫妇现在俟山下，本来可以给你介绍，但是你到那里的时候他们恐怕已经离开故乡了。初寒，善自珍重，不尽。

十五年十一月十八日夜，于北京

《雨天的书》自序一

今年冬天特别的多雨，因为是冬天了，究竟不好意思倾盆的下，只是蜘蛛丝似的一缕缕的洒下来。雨虽然细得望去都看不见，天色却非常阴沉，使人十分气闷。在这样的时候，常引起一种空想，觉得如在江村小屋里，靠玻璃窗，烘着白炭火钵，喝清茶，同友人谈闲话，那是颇愉快的事。不过这些空想当然没有实现的希望，再看天色，也就愈觉得阴沉。想要做点正经的工作，心思散漫，好像是出了气的烧酒，一点味道都没有，只好随便写一两行，并无别的意思，聊以对付这雨天的气闷光阴罢了。

冬雨是不常有的，日后不晴也将变成雪霰了。但是在晴雪明朗的时候，人们的心里也会有雨天，而且阴沉的期间或者更长久些，因此我这雨天的随笔也就常有续写的机会了。

一九二三年十一月五日，在北京

《雨天的书》自序二

前年冬天《自己的园地》出版以后，起手写"雨天的书"，在半年里只写了六篇，随即中止了，但这个题目我很欢喜，现在仍旧拿了来作这本小书的名字。

这集子里共有五十篇小文，十分之八是近两年来的文字，《初恋》等五篇则是从《自己的园地》中选出来的。这些大都是杂感随笔之类，不是什么批评或论文。据说天下之人近来已看厌这种小品文了，但我不会写长篇大文，这也是无法。我的意思本来只想说我自己要说的话，这些话没有趣味，说又说得不好，不长，原是我自己的缺点，虽然缺点也就是一种特色。这种东西发表出去，厌看的人自然不看，没有什么别的麻烦，不过出版的书店要略受点损失罢了，或者，我希望，这也不至于很大吧。

我编校这本小书毕，仔细思量一回，不禁有点惊诧，因为意外地发现了两件事。一，我原来乃是道德家，虽然我竭力想摆脱一切的家数，如什么文学家批评家，更不必说道学家。我平素最讨厌的是道学家（或照新式称为法利赛人），岂知这正因为自己是一个道德家的缘故；我想破坏他们的伪道德不道德的道德，其实却同时非意识地想建设起自己所信的新的道德来。我看自己一篇篇的文章，里边都含着道德的色彩与光芒，虽然外面是说着流氓似的土匪似的话。我很反对为道德的文学，但自己总做不出一篇为文章的文章，结果只编集了几卷说教集，这是何等滑稽的矛盾。也罢，我反正不想进文苑传（自然也不想进儒林传），这些可以不必管他，还是"从吾所好"，一径这样走下去吧。

二，我的浙东人的气质终于没有脱去。我们一族住在绍兴只有十四世，其先不知是那里人，虽然普通称是湖南道州，再上去自然是鲁国了。这四百年间越中风土的影响大约很深，成就了我的不可拔除的浙东性，这就是世人所通称的"师爷气"。本来师爷与钱店官同是绍兴出产的坏东西，民国以来已逐渐减少，但是他那法家的苛刻的态度，并不限于职业，却弥漫及于乡间，仿佛成为一种潮流，清朝的章实斋李越缦即是这派的代表，他们都有一种喜骂人的脾气。我从小知道"病从口入，祸从口出"的古训，后来又想溷迹于绅士淑女之林，更努力学为周慎，无如旧性难移，燕尾之服终不能掩羊脚，检阅旧作，满口柴胡，殊少敦厚温和之气；呜呼，我其终为"师爷派"矣乎？虽然，此亦属没有法子，我不必因自以为是越人而故意如此，亦不必因其为学士大夫所不喜而故意不如此；我有志为京兆人，而自然乃不容我不为浙人，则我亦随便而已耳。

我近来作文极慕平淡自然的景地。但是看古代或外国文学才有此种作品，自己还梦想不到有能做的一天，因为这有气质境地与年龄的关系，不可勉强，像我这样褊急的脾气的人，生在中国这个时代，实在难望能够从容镇静地做出平和冲淡的文章来。我只希望，祈祷，我的心境不要再粗糙下去，荒芜下去，这就是我的大愿望。我查看最近三四个月的文章，多是照例骂那些道学家的，但是事既无聊，人亦无聊，文章也就无聊了，便是这样的一本集子里也不值得收入。我的心真是已经太荒芜了。田园诗的境界是我以前偶然的避难所，但这个我近来也有点疏远了。以后要怎样才好，还须得思索过——只可惜现在中国连思索的余暇都还没有。

十四年十一月十三日，病中倚枕书

英国十八世纪有约翰妥玛斯密（John Thomas Smith）著有一本书，也可以译作"雨天的书"（*Book for a Rainy Day*），但他是说雨天看的书，与我的意思不同。这本书我没有见过，只在讲诗人勃来克（William Blake）的书里看到一节引用的话，因为他是勃来克的一个好朋友。

十五日又记

山中杂信

一

伏园兄：

我已于本月初退院，搬到山里来了。香山不很高大，仿佛只是故乡城内的卧龙山模样，但在北京近郊，已经要算是很好的山了。碧云寺在山腹上，地位颇好，只是我还不曾到外边去看过，因为须等医生再来诊察一次之后，才能决定可以怎样行动，而且又是连日下雨，连院子里都不能行走，终日只是起卧屋内罢了。大雨接连下了两天，天气也就颇冷了。般若堂里住着几个和尚们，买了许多香椿干，摊在芦席上晾着，这两天的雨不但使它不能干燥，反使它更加潮湿。每从玻璃窗望去，看见廊下摊着湿漉漉的深绿的香椿干，总觉得对于这班和尚们心里很是抱歉似的——虽然下雨并不是我的缘故。

般若堂里早晚都有和尚做功课，但我觉得并不烦扰，而且于我似乎还有一种清醒的力量。清早和黄昏时候的清澈的磬声，仿佛催促我们无所信仰、无所归依的人，拣定一条这路精进向前。我近来的思想动摇与混乱，可谓已至其极了，托尔斯泰的无我爱与尼采的超人，共产主义与善种学，耶佛孔老的教训与科学的例证，我都一样的喜欢尊重，却又不能调和统一起来，造成一条可以行的大路。我只将这各种思想，凌乱的堆在头里，真是乡间的杂货一料店了——或者世间本来没有思想上的"国道"，也未可知。这件事我常常想到，如今听他们做功课，更使我受了激刺。同他们比较起来，好像上海许多有国籍的西商中间，夹着一个"无领事管束"的西人。至于无领事管束，究竟是好是坏，我还想不明白。不知你以为何如？

寺内的空气并不比外间更为和平。我来的前一天，般若堂里的一个和尚，被方丈差人抓去，说他偷寺内的法物，先打了一顿，然后捆送到城内什么衙门去了。究竟偷东西没有，是别一个问题，但吊打恐总非佛家所宜。大约现在佛徒的戒律，也同"儒业"的三纲五常一样，早已成为具文了。自己即使犯了永为弃物的波罗夷罪，并无妨碍，只要有权力，便可以处置别人，正如护持名教的人却打他的老父，世间也一点都不以为奇。我们厨房的间壁，住着两个卖汽水的人，也时常吵架。掌柜的回家去了，只剩了两个少年的伙计，连日又下雨，不能出去摆摊，所以更容易争闹起来。前天晚上，他们都不愿意烧饭，互相推诿，始而相骂，终于各执灶上的铁通条，打仗两次。我听他们叱咤的声音，令我想起《三国志》及《劫后英雄略》等书里所记的英雄战斗或比武时的威势，可是后来战罢，他们两个人一点都不受伤，更是不可思议了。从这两件事看来，你大约可以知道这山上的战氛罢。

因为病在右肋，执笔不大方便，这封信也是分四次写成的。以后再谈罢。

一九二一年六月五日

二

　　近日天气渐热，到山里来住的人也渐多了。对面的那三间屋，已于前日租去，大约日内就有人搬来。般若堂两旁的厢房，本是"十方堂"，这块大木牌还挂在我的门口。但现在都已租给人住，以后有游方僧来，除了请到罗汉堂去打坐以外，没有别的地方可以挂单了。

　　三四天前大殿里的小菩萨，失少了两尊，方丈说是看守大殿的和尚偷卖给游客了，于是又将他捆起来，打了一顿，但是这回不曾送官，因为次晨我又听见他在后堂敲那大木鱼了（前回被捉去的和尚，已经出来，搬到别的寺里去了）。当时我正翻阅《诸经要集》六度部的忍辱篇，道世大师在述意缘内说道："……岂容微有触恼，大生瞋恨，乃至角眼相看，恶声厉色，遂加杖木，结恨成怨。"看了不禁苦笑。或者丛林的规矩，方丈本来可以用什么板子打人，但我总觉得有点矛盾。而且如果真照规矩办起来，恐怕应该挨打的却还不是这个所谓偷卖小菩萨的和尚呢。

山中苍蝇之多，真是"出人意表之外"。每到下午，在窗外群飞，嗡嗡作声，仿佛是蜜蜂的排衙。我虽然将风门上糊了冷布，紧紧关闭，但是每一出入，总有几个混进屋里来。各处桌上摊着苍蝇纸，另外又用了棕丝制的蝇拍追着打，还是不能绝灭。英国诗人勃来克有《苍蝇》一诗，将蝇来与无常的人生相比；日本小林一茶的俳句道："不要打那，苍蝇搓他的手，搓他的脚呢。"我平常都很是爱念，但在实际上却不能这样的宽大了。一茶又有一句俳句，序云：

　　"捉到一个虱子，将他掐死固然可怜，要把他舍在门外，让他绝食，也觉得不忍；忽然的想到我佛从前给予鬼子母的东西①，成此。

　　"虱子呵，放在和我味道一样的石榴上爬着。"

　　《四分律》云："时有老比丘拾虱弃地，佛言不应，听以器盛若绵拾着中。若虱走出，应作筒盛；若虱出筒，应作盖塞。随其寒暑，加以腻食将养之。"一茶

-----

　　①　日本传说，佛降伏鬼子母神，给予石榴实食之，以代人肉，因石榴实味酸甜似人肉云。据《鬼子母经》说，她后来变了生育之神，这石榴大约只是多子的象征罢了。

是诚信的佛教徒，所以也如此做，不过用石榴喂他却更妙了。这种殊胜的思想，我也很以为美，但我的心底里有一种矛盾，一面承认苍蝇是与我同具生命的众生之一，但一面又总当他是脚上带着许多有害的细菌，在头上面爬的痒痒的，一种可恶的小虫，心想除灭他。这个情与知的冲突，实在是无法调和，因为我笃信"赛老先生"的话，但也不想拿了他的解剖刀去破坏诗人的美的世界，所以在这一点上，大约只好甘心且做蝙蝠派罢了。

对于时事的感想，非常纷乱，真是无从说起，倒还不如不说也罢。

六月二十三日

三

我在第一信里，说寺内战氛很盛，但是现在情形却又变了。卖汽水的一个战士，已经下山去了。这个缘因，说来很长。前两回礼拜日游客很多，汽水卖了十多块钱一天，方丈知道了，便叫他们从形势最好的那"水泉"旁边撤退，让他自己来卖。他们只准在荒凉的塔院下及门口去摆摊，生意便很清淡，掌柜的于是实行减政，只留下了一个人做帮手——这个伙计本是做墨盒的，掌柜自己是泥水匠。这主从两人虽然也有时争论，但不至于开起仗来了。方丈似乎颇喜欢吊打他属下的和尚，不过他的法庭离我这里很远，所以并末直接受到影响。此外偶然和尚喝醉了高粱，高声抗辩，或者为了金钱胜负少有纠葛，都是随即平静，算不得什么大事。因此般若堂里的空气，近来很是长闲逸豫，令人平矜释躁。这个情形可以意会，不易言传，我如今举出一件琐事来做个象征，你或者可以知其大略。我们院子里，有一群鸡，共五六只，其中公的也有，母的也有。这是和尚们共同养的呢，还是一个人的私产，我都不知道。他们白天里躲在紫藤花底下，晚间被盛入一只小口大腹，像是装香油用的藤篓里面。这篓子似乎是没有盖的，我每天总看见他在柏树下仰天张着口放着。夜里西戌之交，和尚们擂鼓既罢，各去休息，篓里的鸡便怪声怪气的叫起来。于是禅房里和尚们"唛，唛——"之声，相继而作。这样以后，篓里与禅房里便复寂然，直到天明，更没有什么惊动。问是什么事呢？答说有黄鼠狼来咬鸡。其实这小口大腹的篓子里，黄鼠狼是不会进去的，倘若掉了下去，他就再也逃不出来了。大约他总是未能忘情，所以常来窥探，不过聊以快意罢了。倘若篓子上加上一个盖——虽然如上文所说，即使无盖，本来也很安全——也便可以省得他的窥探。但和尚们永远不加盖，黄鼠狼也便永远要来窥探，以致"三日两头"的引起夜中篓里与禅房里的驱逐。这便是我所说的长闲逸豫的所在。我希望这一节故事，或者能够比那四个抽象的字说明的更多一点。

但是我在这里不能一样的长闲逸豫，在一日里总有一个阴郁的时候，这便是下午清华园的邮差送报来后的半点钟。我的神经衰弱，易于激动，病后更甚，对于略略重大的问题，少加思索，便很烦躁起来，几乎是发热状态，因此平常十分留心避免。但每天的报里，总是充满着不愉快的事情，见了不免要起烦恼。或者说，既然如此，不看岂不好么？但我又舍不得不看，好像身上有伤的人，明知触着是很痛的，但有时仍是不自禁的要用手去摸，感到新的剧痛，保留他受伤的意识。但苦痛究竟是苦痛，所以也就赶紧丢开，去寻求别的慰解。我此时放下报纸，努力将我的思想遣发到平常所走的旧路上去——回想近今所看书上的大乘菩萨布施忍辱等六度难行，净土及地狱的意义，或者去搜求游客及和尚们（特别注意于方丈）的轶事。我也不愿再说不愉快的事，下次还不如仍同你讲他们的事情罢。

六月二十九日

四

近日因为神经不好，夜间睡眠不足，精神很是颓唐，所以好久没有写信，也不曾做诗了。诗思固然不来，日前到大殿后看了御碑亭，更使我诗兴大减。碑亭之北有两块石碑，四面都刻着乾隆御制的律诗和绝句。这些诗虽然很讲究的刻在石上，壁上还有宪兵某君的题词，赞叹他说"天命乃有移，英风殊难泯"！但我看了不知怎的联想到那塾师给冷于冰看的草稿，将我的创作热减退到近于零度。我以前病中忽发野心，想做两篇小说，一篇叫"平凡的人"，一篇叫"初恋"；幸而到了现在还不曾动手。不然，岂不将使《馍馍赋》不但无独而且有偶么？

我前回答应告诉你游客的故事，但是现在也未能践约，因为他们都从正门出入，很少到般若堂里来的。我看见从我窗外走过的游客，一总不过十多人。他们却有一种公共的特色，似乎都对于植物的年龄颇有趣味。他们大抵问和尚或别人道："这藤萝有多少年了？"答说："这说不上来。"便又问："这柏树呢？"至于答案，自然仍旧是"说不上来"了。或者不问柏树的，也要问槐树，其余核桃石榴等小树，就少有人注意了。我常觉得奇异，他们既然如此热心，寺里的人何妨就替各棵老树胡乱定出一个年岁，叫和尚们照样对答，或者写在大木板上，挂在树下，岂不一举两得么？

游客中偶然有提着鸟笼的，我看了最不喜欢。我平常有一种偏见，以为做不必要的恶事的人，比为生活所迫，不得已而作恶者更为可恶，所以我憎恶蓄妾的男子，比那卖女为妾——因贫穷而吃人肉的父母，要加几倍。对于提鸟笼的人的反感，也是出于同一的源流。如要吃肉，便吃罢了（其实飞鸟的肉，于养生上也并非必要）；如要赏鉴，在他自由飞鸣的时候，可以尽量的看或听；何必关在笼里，擎着走呢？我以为这同喜欢缠足一样的是痛苦的赏玩，是一种变态的残忍的心理。贤首于《梵网戒疏》盗戒下注云："善见云，盗空中鸟，左翅至右翅，尾至头，上下亦尔，俱得重罪。准此戒，纵无主，鸟身自为主，盗皆重也。"鸟身自为主——这句话的精神何等博大深厚，然而又岂是那些提鸟笼的朋友所能了解的呢？

《梵网经》里还有几句话，我觉得也都很好。如云："若佛子，故食肉，一切肉不得食。断大慈悲性种子，一切众生见而舍去。"又云："一切男子是我父，一切女人是我母，我生生无不从之受生，故六道众生皆我父母。而杀而食者，即杀我父母，亦杀我故身：一切地水，是我先身；一切火风，是我本体。……"我们现在虽然不能再相信六道轮回之说，然而对于这普亲观平等观的思想，仍然觉得他是真而且美。英国勃来克的诗：

"被猎的兔的每一声叫，

撕掉脑里的一枝神经；

云雀被伤在翅膀上，

一个天使止住了歌唱。"

这也是表示同一的思想。我们为自己养生计，或者不得不杀生，但是大慈悲性种子也不可不保存，所以无用的杀生与快意的杀生，都应该避免的。譬如吃醉虾，这也罢了；但是有人并不贪他的鲜味，只为能够将半活的虾夹住，直往嘴里送，心里想道"我吃你"！觉得很快活。这是在那里尝得胜快心的滋味，并非真是吃食了。《晨报》杂感栏里曾登过松年先生的一篇《爱》，我很以他所说的为然。但是爱物也与仁人很有关系，倘若断了大慈悲性种子，如那样吃醉虾的人，于爱人的事也恐怕不大能够圆满的了。

七月十四日

五

近日天气很热，屋里下午的气温在九十度以上。所以一到晚间，般若堂里在院子里睡觉的人，总有三四人之多。他们的睡法很是奇妙。因为蚊子白蛉要来咬，于是便用棉被没头没脑的盖住。这样一来，固然再也不怕蚊子们的勒索，但是露天睡觉的原意也完全失掉了。要说是凉快，却蒙着棉被；要说是通气，却将头直钻到被底下去。那么同在热而气闷的屋里睡觉，还有什么区别呢？有一位方丈的徒弟，睡在藤椅上，挂了一顶洋布的帐子，我以为是防蚊用的了，岂知四面都是悬空，蚊子们如能飞近地面一二尺，仍旧是可以进去的，他的帐子只能挡住从上边掉下来的蚊子罢了。这些奥妙的办法，似乎很有一种禅味，只是我了解不来。

我的行踪，近来已经推广到东边的"水泉"。这地方确是还好，我于每天清早，没有游客的时候，去徜徉一会，赏鉴那山水之美。只可惜不大干净，路上很多气味——因为陈列着许多《本草》上的所谓人中黄！我想中国真是一个奇妙的国，在那里人们不容易得到营养料，也没有方法处置他们的排泄物。我想象轩辕太祖初入关的时候，大约也是这样情形。但现在已经过了四千年之久了。难道这个情形真已支持了四千年，一点不曾改么？

水泉四面的石阶上，是天然疗养院附属的所谓洋厨房。门外生着一棵白杨树，树干很粗，大约直径有六七寸，白皮斑驳，很是好看。他的叶在没有什么大风的时候，也瑟瑟的响，仿佛是有魔术似的。古诗说："白杨多悲风，萧萧愁杀人。"非看见过白杨树的人，不大能了解他的趣味。欧洲传说云，耶稣钉死在白杨木的十字架上，所以这树以后便永远颤抖着。……我正对着白杨起种种的空想，有一个七八岁的小西洋人跟着宁波的老妈子走进洋厨房来。那老妈子同厨子讲着话的时候，忽然来了两个小广东人，各举起一只手来，接连的打小西洋人的嘴巴。他的两个小颊，立刻被批的通红了，但他却守着不抵抗主义，任凭他们打去。我的用人看不过意，把他们隔开两回，但那两位攘夷的勇士又冲过去，寻着要打嘴巴。被打的人虽然忍受下去了，但他们把我刚才的浪漫思想也批到不知去向，使我切肤的感到现实的痛——至于这两个小爱国者的行为，若由我批评，不免要有过激的话，所以我也不再说了。

我每天傍晚到碑亭下去散步，顺便恭读乾隆的御制诗；碑上共有十首，我至少总要读他两首。读之既久，便发生种种感想，其一是觉得语体诗发生的不得已与必要。御制诗中有这几句，如"香山适才游白社，越岭便以至碧云"，又"玉泉十丈瀑，谁识此其源"，似乎都不大高明。但这实在是旧诗的难做，怪不得皇帝。对偶呀，平仄呀，押韵呀，拘束得非常之严，所以便是奉天承运的真龙也挣扎他不过，只落得留下多少打油的痕迹在石头上面。倘若他生在此刻，抛了七绝五律不做，去做较为自由的新体诗，即使做的不好，也总不至于被人认为"哥罐闻焉嫂棒伤"的蓝本罢。但我写到这里，忽然想到《大江集》等几种名著，又觉得我所说的也未必尽然。大约用文言做"哥罐"的，用白话做来仍是"哥罐"——于是我又想起一种疑问，这便是语体诗的"万应"的问题了。

七月十七日

六

好久不写信了。这个原因，一半因为你的出京，一半因为我的无话可说。我的思想实在混乱极了，对于许多问题都要思索，却又一样的没有归结，因此觉得要说的话虽多，但不知怎样说才好。现在决心放任，并不硬去统一，姑且看书消遣，这倒也还罢了。

上月里我到香山去了两趟，都是坐了四人轿去的。我们在家乡的时候，知道四人轿是只有知县坐的，现在自己却坐了两回，也是"出于意表之外"的。我一个人叫他们四位扛着，似乎很有点抱歉，而且每人只能分到两角多钱，在他们实在也不经济；不知道为什么不减作两人呢？那轿杠是杉木的，走起来非常颠簸。大约坐这轿的总非有候补道的那样身材，是不大合宜的。我所去的地方是甘露旅馆，因为有两个朋友耽搁在那里，其余各处都不曾去。什么的一处名胜，听说是督办夫人住着，不能去了。我说这是什么督办，参战和边防的督办不是都取消了么。答说是水灾督办。我记得四五年前天津一带确曾有过一回水灾，现在当然已经干了，而且连旱灾都已闹过了（虽然不在天津）。朋友说，中国的水灾是不会了的。黄河不是决口了么。这话的确不错，水灾督办诚然有存在的必要，而且照中国的情形看来，恐怕还非加入官制里去不可呢。

我在甘露旅馆买了一本《万松野人言善录》，这本书出了已经好几年，在我却是初次看见。我老实说，对于英先生的议论未能完全赞同，但因此引起我陈年的感慨，觉得要一新中国的人心，基督教实在是很适宜的。极少数的人能够以科学艺术或社会的运动去替代他宗教的要求，但在大多数是不可能的。我想最好便以能容受科学的一神教把中国现在的野蛮残忍的多神——其实是拜物——教打倒，民智的发达才有点希望。不过有两大条件，要紧紧的守住：其一是这新宗教的神切不可与旧的神的观念去同化，以致变成一个西装的玉皇大帝；其二是切不可造成教阀，去妨害自由思想的发达。这第一第二的覆辙，在西洋历史上实例已经很多，所以非竭力免去不可——但是，我们昏乱的国民久伏在迷信的黑暗里，既然受不住智慧之光的照耀，肯受这新宗教的灌顶么？不为传统所因的大公无私的新宗教家，国内有几人呢？仔细想来，我的理想或者也只是空想；将来主宰国民的心的，仍旧还是那一班的鬼神妖怪罢！

我的行踪既然已经推广到了寺外，寺内各处也都已走到，只剩那可以听松涛的有名的塔上不曾去。但是我平常散步，总只在御诗碑的左近或是弥勒佛前面的路上。这一段泥路来回可一百步，一面走着，一面听着阶下龙嘴里的潺湲的水声（这就是御制诗里的"清波绕砌湲"），倒也很有兴趣。不过这清波有时要不"湲"，其时很是令人扫兴，因为后面有人把他截住了。这是谁做主的，我都不知道，大约总是有什么金鱼池的阔人们罢。他们要放水到池里去，便是汲水的人也只好等着，或是劳驾往水泉去，何况想听水声的呢！靠着这清波的一个朱门里，大约也是阔人，因为我看见他们搬来的前两天，有许多穷朋友头上顶了许多大安乐椅小安乐椅进去。以前一个绘画的西洋人住着的时候，并没有什么门禁，东北角的墙也坍了，我常常去到那里望对面的山景和在溪滩积水中洗衣的女人们。现在可是截然的不同了，倒墙从新筑起，将真山关出门外，却在里面叫人堆上许多石头（抬这些石头的人们，足足有三天，在我的窗前络绎的走过），叫作假山，一面又在弥勒佛左手的路上筑起一堵泥墙，于是我真山固然望不见，便是假山

37

也轮不到看。那些阔人们似乎以为四周非有墙包围着是不能住人的。我远望香山上迤逦的围墙，又想起秦始皇的万里长城，觉得我所推测的话并不是全无根据的。

还有别的见闻，我曾做了两篇《西山小品》，其一曰"一个乡民的死"，其二曰"卖汽水的人"，将他记在里面。但是那两篇是给日本的朋友们所办的一个杂志作的，现在虽有原稿留下，须等我自己把它译出方可发表。

九月三日，在西山

夏夜梦抄

序　言

　　乡间以季候定梦的价值，俗语云春梦如狗屁，言其毫无价值也。冬天的梦较为确实，但以"冬夜"（冬至的前夜）的为最可靠。夏秋梦的价值，大约只在有若无之间罢了。佛书里说："梦有四种，一四大不和梦，二先见梦，三天人梦，四想梦。"后两种真实，前两种虚而不实。我现在所记的，既然不是天人示现的天人梦或豫告福德罪障的想梦，却又并非"或昼日见夜则梦见"的先见梦，当然只是四大不和梦的一种，俗语所谓"乱梦颠倒"。大凡一切颠倒的事，都足以引人注意，有记录的价值，譬如中国现在报纸上所记的政治或社会的要闻，那一件不是颠倒而又颠倒的么？所以我也援例，将夏夜的乱梦随便记了下来。但既然是颠倒了，虚而不实了，其中自然不会含着什么奥义，不劳再请"太人"去占；反正是占不出什么来的——其实要占呢，也总胡乱的可以做出一种解说，不过这占出来的休咎如何，我是不负责任的罢了。

一　统一局

仿佛是地安门外模样。西边墙上贴着一张告示，拥挤着许多人，都仰着头在那里细心的看，有几个还各自高声念着。我心里迷惑，这些人都是车夫么？其中夹着老人和女子，当然不是车夫了；但大家一样的在衣服上罩着一件背心，正中缀了一个圆图，写着中西两种的号码。正纳闷间，听得旁边一个人喃喃的念道：

"……目下收入充足，人民军等应该加餐，自出示之日起，不问女男幼老，应每日领米二斤，麦二斤，猪羊牛肉各一斤，马铃薯三斤，油盐准此，不得折减，违者依例治罪。饮食统一局长三九二七鞠躬。"

这个办法，写的很是清楚，但既不是平粜，又不是赈饥，心里觉得非常胡涂。只听得一个女人对着一个老头子说道：

"三六八（仿佛是这样的一个数目）叔，你老人家胃口倒还好么？"

"六八二——不，六八八二妹，那里还行呢！以前已经很勉强了，现今又添了两斤肉，和些什么，实是再也吃不下，只好拼出治罪罢了。"

"是呵，我怕的是吃土豆，每天吃这个，心里很腻的，但是又怎么好不吃呢。"

"有一回，还是只发一斤米的时候，规定凡六十岁以上的人应该安坐，无故不得直立，以示优待。我坐得不耐烦了，暂时立起，恰巧被稽查看见了，拉到平等厅去判了三天的禁锢。"

"那么，你今天怎么能够走出来的呢？"

"我有执照在这里呢。这是从行坐统一局里领来的，许可一日间不必遵照安坐条律办理。"

我听了这些莫名其妙的话，心想上前去打听一个仔细，那老人却已经看见了我，慌忙走来，向我的背上一看，叫道：

"爱克司兄，你为什么还没有注册呢？"

我不知道什么要注册，刚待反问的时候，突然有人在耳边叫道：

"干吗不注册！"一个大汉手中拿着一张名片，上面写道"姓名统一局长一二三"，正立在我的面前。我大吃一惊，回过身来撒腿便跑，不到一刻便跑的很远了。

二　长毛

我站在故乡老屋的小院子里。院子的地是用长方的石板铺成的；坐北朝南是两间"蓝门"的屋，子京叔公常常在这里抄《子史辑要》——也在这里发疯；西首一间侧屋，屋后是杨家的园，长着许多淡竹和一棵棕榈。

这是"长毛时候"。大家都已逃走了，但我却并不逃，只是立在蓝门前面的小院子里，腰间仿佛挂着一把很长的长剑。当初以为只有自己一个人，随后却见在院子里还有一个别人，便是在我们家里做过长年的得法——或者叫作得寿也未可知。他同平常夏天一样，赤着身子，只穿了一条短裤，那猪八戒似的脸微微向下。我不曾问他，他也不说什么，只是忧郁的却很从容自在的站着。

大约是下午六七点钟的光景。他并不抬起头来，只喃喃的说道：

"来了。"

我也觉得似乎来了，便见一个长毛走进来了。所谓长毛是怎样的人我并不看见，不过直觉他是个长毛，大约是一个穿短衣而拿一把板刀的人。这时候，我不自觉的已经在侧屋里边了；从花墙后望出去，却见得法（或得寿）已经恭恭敬敬的跪在地上，反背着手，专等着长毛去杀他了。以后的景致有点模胡了，仿佛是影戏的中断了一下，推想起来似乎是我赶出去，把长毛杀了。得法听得扑通的一颗头落地的声音，慢慢的抬起头来一看，才知道杀掉的不是自己，却是那个长毛，于是从容的立起，从容的走出去了。在他的迟钝的眼睛里并不表示感谢，也没有什么惊诧，但是因了我的多事，使他多要麻烦，这一种烦厌的神情却很明显的可以看出来了。

五　汤饼会

是大户人家的厅堂里，正在开汤饼会哩。

厅堂两旁，男左女右的坐满了盛装的宾客。中间仿佛是公堂模样，放着一顶公案桌，正面坐着少年夫妻，正是小儿的双亲。案旁有十六个人分作两班相对站着，衣冠整肃，状貌威严，胸前各挂一条黄绸，上写两个大字道："证人"。左边上首的一个人从桌上拿起一张文凭似的金边的白纸，高声念道：

"维一四天下，南瞻部洲，礼义之邦，摩诃萨罗利达国，大道德主某家降生男子某者，本属游魂，分为异物。披萝带荔，足御风寒；饮露餐霞，无须烟火。友螟蚣而长啸，赏心无异于闻歌；附萤火以夜游，行乐岂殊于秉烛。幽冥幸福，亦云至矣。尔乃罔知满足，肆意贪求：却夜台之幽静而慕尘世之纷纭，舍金刚之永生而就石火之暂寄。即此颛愚，已足怜悯；况复缘兹一念，祸及无辜，累尔双亲，铸成大错，岂不更堪叹恨哉。原夫大道德主某者，华年月貌，群称神仙中人，而古井秋霜，实受圣贤之戒：以故双飞蛱蝶，既未足喻其和谐，一片冰心，亦未能比其高洁也。乃缘某刻意受生，妄肆蛊惑，以致清芬犹在，白莲已失其花光，绿叶已繁，红杏倏成为母树。十月之危惧，三年之苦辛；一身濒于死亡，百乐悉以捐弃。所牺牲者既大，所耗费者尤多：就傅取妻，饮食衣被，初无储积，而擅自取携，猥云人子，实惟马蛭，言念及此，能不慨然。呜呼，使生汝而为父母之意志，则尔应感罔极之恩；使生汝而非父母之意志，则尔应负弥天之罪矣。今尔知恩乎，尔知罪乎？尔知罪矣，则当自觉悟，勉图报称，冀能忏除无尽之罪于万一。尔应自知，自尔受生以至复归夜台，尽此一生，尔实为父母之所有，以尔为父母之罪人，即为父母之俘囚，此尔应得之罪也。尔其谨守下方之律令，勉为孝子，余等实有厚望焉。

计开

一，承认子女降生纯系个人意志，应由自己负完全责任，与父母无涉。

二，承认子女对于父母应负完全责任，并赔偿损失。

三，准第二条，承认子女为父母之所有物。

四，承认父母对于子女可以自由处置：

甲，随意处刑。

乙，随时变卖或赠与。

丙，制造成谬种及低能者。

五，承认本人之妻子等附属物间接为父母的所有物。

六，以感谢与满足承认上列律令。"

那人将这篇桐选合璧的文章念了，接着便是年月和那"游魂"——现在已经投胎为小儿了——的名字，于是右边上首的人恭恭敬敬的走下去，捉住抱在乳母怀里的小儿的两手，将他的大拇指捺在印色盒里，再把他们按在纸上署名的下面。以后是那十六个证人各着花押，有一两个写的是"一片中心"和"一本万利"的符咒似的文字，其余大半只押一个十字，也有画圆圈的，却画得很圆，并没有什么规角。末一人画圈才了，院子里便惊天动地的放起大小爆竹来，在这声响中间，听得有人大声叫道："礼——毕！"于是这礼就毕了。

这天晚上，我正看着英国柏忒勒的小说《有何无之乡游记》，或者因此引起我这个妖梦，也未可知。

六　初恋

那时我十四岁，她大约是十三岁罢。我跟着祖父的妾宋姨太太寄寓在杭州的花牌楼，间壁住着一家姚姓，她便是那家的女儿。她本姓杨，住在清波门头，大约因为行三，人家都称她作三姑娘。姚家老夫妇没有子女，便认她做干女儿，一个月里有二十多天住在他们家里，宋姨太太和远邻的羊肉店石家的媳妇虽然很说得来，与姚宅的老妇却感情很坏，彼此都不交口，但是三姑娘并不管这些事，仍旧推进门来游嬉。她大抵先到楼上去，同宋姨太太搭讪一回，随后走下楼来，站在我同仆人阮升公用的一张板棹旁边，抱着名叫"三花"的一只大猫，看我映写陆润庠的木刻的字帖。

我不曾和她谈过一句话，也不曾仔细的看过她的面貌与姿态。大约我在那时已经很是近视，但是还有一层缘故，虽然非意识的对于她很是感到亲近，一面却似乎为她的光辉所掩，开不起眼来去端详她了。在此刻回想起来，仿佛是一个尖面庞，乌眼睛，瘦小身材，而且有尖小的脚的少女，并没有什么殊胜的地方，但在我的性的生活里总是第一个人，使我于自己以外感到对于别人的爱着，引起我没有明了的性的概念的对于异性的恋慕的第一个人了。

我在那时候当然是"丑小鸭"，自己也是知道的，但是终不以此而减灭我的热情。每逢她抱着猫来看我写字，我便不自觉的振作起来，用了平常所无的努力去映写，感着一种无所希求的迷蒙的喜乐。并不问她是否爱我，或者也还不知道自己是爱着她，总之对于她的存在感到亲近喜悦，并且愿为她有所尽力，这是当时实在的心情，也是她所给我的赐物了。在她是怎样不能知道，自己的情绪大约只是淡淡的一种恋慕，始终没有想到男女夫妇的问题。有一天晚上，宋姨太太忽然又发表对于姚姓的憎恨，末了说道：

"阿三那小东西，也不是好东西，将来总要流落到拱辰桥去做婊子的。"

我不很明白做婊子这些是什么事情，但当时听了心里想道：

　　"她如果真是流落做了婊子，我必定去救她出来。"

　　大半年的光阴这样的消费过去了。到了七八月里因为母亲生病，我便离开杭州回家去了。一个月以后，阮升告假回去，顺便到我家里，说起花牌楼的事情，说道：

　　"杨家的三姑娘患霍乱死了。"

　　我那时也很觉得不快，想象她的悲惨的死相，但同时却又似乎很是安静，仿佛心里有一块大石头已经放下了。

　　　　　　　　　　　　　　　　　十年九月

菱　角

　　每日上午门外有人叫卖"菱角"，小孩们都吵着要买，因此常买十来包给他们分吃，每人也只分得十几个罢了。这是一种小的四角菱，比刺菱少大，色青而非纯黑，形状也没有那样奇古，味道则与两角菱相同。正在看乌程汪曰桢的《湖雅》（光绪庚辰即一八八〇年出版），便翻出卷二讲菱的一条来，所记情形与浙东大抵相像，选录两则于后：

　　"《仙潭文献》：'水红菱'最先出。青菱有两种，一曰'花蒂'，一曰'火刀'，风干之皆可致远，惟'火刀'耐久，迨春犹可食。因塔村之'鸡腿'，生啖殊佳；柏林圩之'沙角'，熟瀹颇胜。乡人以九月十月之交撒荡，多则积之，腐其皮，如收贮银杏之法，曰‘阖菱’。

"《湖录》：‘菱与芰不同。’《武陵记》：‘四角三角曰芰，两角曰菱。’今菱湖水中多种两角，初冬采之，曝干，可以致远，名曰‘风菱’。惟郭西湾桑渎一带皆种四角，最肥大，夏秋之交，煮熟鬻于市，曰‘熟老菱’。

"按，鲜菱充果，亦可充蔬。沈水乌菱俗呼‘浆虁’。乡人多于溪湖近岸处水中种之，曰‘菱荡’，四围植竹，经绳于水面，间之为界，曰‘菱筵竹’……"

越中也有两角菱，但味不甚佳，多作为"酱大菱"，水果铺去壳出售，名"黄菱肉"，清明扫墓是常用作供品，"迨春犹可食"，亦别有风味。实熟沉水抽芽者用竹制发篦状物曳水底摄取之，名"捧芽大菱"，初冬下乡常能购得，市上不多见也。惟平常煮食总是四角者为佳，有一种名"驼背白"，色白而拱背，故名，生熟食均美，十年前每斤才十文，一角钱可得一大筐，近年来物价大涨，不知需价若干了。城外河中弥望菱荡，惟中间留一条水路，供船只往来，秋深水长风起，菱科漂浮荡外，则为"散荡"，行舟可以任意采取残留菱角，或并摘菱科之嫩者，携归作菹食。明李日华在《味水轩日记》卷二（万历三十八年即一六一〇年）记途中窃菱事，颇有趣味，抄录于下：

"九月九日，由谢村取余杭道，曲溪浅渚，被水皆菱角，有深浅红及惨碧三色，舟行掏手可取而不设塍堘，僻地俗淳此亦可见。余坐篷底阅所携《康乐集》，遇一秀句则引一酹，酒渴思解，奴子康素工掠食，偶命之，其资咀嚼，平生耻为不义，此其愧心者也。"

水红菱只可生食，虽然也有人把他拿去作蔬。秋日择嫩菱瀹熟，去涩衣，加酒酱油及花椒，名"醉大菱"，为极好的下酒物（俗名过酒坯），阴历八月三日灶君生日，各家供素菜，例有此品，几成为不文之律。水红菱形甚纤艳，故俗以喻女子的小脚，虽然我们现在看去，或者觉得有点唐突菱角，但是闻水红菱之名而"颇涉遐想"者恐在此刻也仍不乏其人吧？

写《菱角》既了，问疑古君讨回范寅的《越谚》来一查，见卷中"大菱"一条说得颇详细，补抄在这里，可以纠正我的好些错误。甚矣我的关于故乡的知识之不很可靠也!

"老菱装箬，日浇，去皮，冬食，曰'酱大菱'。老菱脱蒂沉湖底，明春抽芽，搀起，曰'搀芽大菱'，其壳乌，又名'乌大菱'。肉烂壳浮，曰'氽起乌大菱'，越以讥无用人。搀菱肉黄，剥卖，曰'黄菱肉'。老菱晾干，曰'风大菱'。嫩菱煮坏，曰'烂勃七'。"

苦　雨

伏园兄：

　　北京近日多雨，你在长安道上不知也遇到否，想必能增你旅行的许多佳趣。雨中旅行不一定是很愉快的，我以前在杭沪车上时常遇雨，每感困难，所以我于火车的雨不能感到什么兴味，但卧在乌篷船里，静听打篷的雨声，加上欸乃的橹声以及"靠塘来，靠下去"的呼声，却是一种梦似的诗境。倘若更大胆一点，仰卧在脚划小船内，冒雨夜行，更显出水乡住民的风趣，虽然较为危险，一不小心，拙劣地转一个身，便要使船底朝天。二十多年前往东浦吊先父的保姆之丧，归途遇暴风雨，一叶扁舟在白鹅似的波浪中间滚过大树港，危险极也愉快极了。我大约还有好些"为鱼"时候——至少也是断发文身时候的脾气,对于水颇感到亲近,不过北京的泥塘似的许多"海"实在不很满意,这样的水没有也并不怎么可惜。你往"陕半天"去似乎要走好两天的准沙漠路,在那时候倘若遇见风雨,大约是很舒服的,遥想你胡坐骡车中,在大漠之上,大雨之下,喝着四打之内的汽水,悠然进行,可以算是"不亦快哉"之一。但这只是我的空想,如诗人的理想一样的靠不住,或者你在骡车中遇雨,很感困难,正在叫苦连天也未可知,这须等你回京后问你再说了。

我住在北京,遇见这几天的雨,却叫我十分难过。北京向来少雨,所以不但雨具不很完全,便是家屋构造,于防雨亦欠周密。除了真正富翁以外,很少用实垛砖墙,大抵只用泥墙抹灰敷衍了事。近来天气转变,南方酷寒而北方淫雨,因此两方面的建筑上都露出缺陷。一星期前的雨把后园的西墙淋坍,第二天就有"梁上君子"来摸索北房的铁丝窗,从次日起赶紧邀了七八位匠人,费两天工夫,从头改筑,已经成功十分八九,总算可以高枕而卧,前夜的雨却又将门口的南墙冲倒二三丈之谱。这回受惊的可不是我了，乃是川岛君"渠们"俩，因为"梁上君子"如再见光顾，一定是去躲在"渠们"的窗下窃听的了。为消除"渠们"的不安起来，一等天气晴正，急需大举地修筑，希望日子不至于很久，这几天只好暂时拜托川岛君的老弟费神代为警护罢了。

前天十足下了一夜的雨，使我夜里不知醒了几遍。北京除了偶然有人高兴放几个爆仗以外，夜里总还安静，那样哗啦哗啦的雨声在我的耳朵已经不很听惯，所以时常被它惊醒，就是睡着也仿佛觉得耳边粘着面条似的东西，睡的很不痛快。还有一层，前天晚间据小孩们报告，前面院子里的积水已经离台阶不及一寸，夜里听着雨声，心里胡里胡涂地总是想水已上了台阶，浸入西边的书房里了。好容易到了早上五点钟，赤脚撑伞，跑到西屋一看，果然不出所料，水浸满了全屋，约有一寸深浅，这才叹了一口气，觉得放心了；倘若这样兴高采烈地跑去，一看却没有水，恐怕那时反觉得失望，没有现在那样的满足也说不定。幸而书籍都没有湿，虽然是没有什么价值的东西，但是湿成一饼一饼的纸糕，也很是不愉快。现今水虽已退，还留一种涨过大水后的普通的臭味，固然不能留客坐谈，就是自己也不能在那里写字，所以这封信是在里边炕桌上写的。

这回的大雨，只有两种人最喜欢。第一是小孩们。他们喜欢水，却极不容易得到，现在看见院子里成了河，便成群结队地去"蹚河"去。赤了足伸到水里去，实在很有点冷，但是他们不怕，下到水里还不肯上来。大人们见小孩玩的有趣，也一个两个地加入，但是成绩却不甚佳，那一天里滑倒了三个人，其中两个都是大人——其一为我的兄弟，其一是川岛君。第二种喜欢下雨的则为虾蟆。从前同小孩往高亮桥去钓鱼钓不着，只捉了好些虾蟆，有绿的，有花条的，拿回来都放在院子里，平常偶叫几声，在这几天里便整日叫唤，或者是荒年之兆，却极有田村的风味。有许多耳朵皮嫩的人，很恶喧嚣，如麻雀虾蟆或蝉的叫声，凡足以妨碍他们的甜睡者，无一不痛恶而深绝之，大有欲灭此而午睡之意。我觉得大可以不必如此，随便听听都是很有趣味的，不但是这些久成诗料的东西，一切鸣声其实都可以听。虾蟆在水田里群叫，深夜静听，往往变成一种金属音，很是特别，又有时仿佛是狗叫，古人常称蛙蟆为吠，大约也是从实验而来。我们院子里的虾蟆现在只见花条的一种，它的叫声更不漂亮，只是格格格这个叫法，可以说是革音，平常自一声至三声，不会更多，惟在下雨的早晨，听它一口气叫上十二三声，可见它是实在喜欢极了。

这一场大雨恐怕在乡下的穷朋友是很大的一个不幸，但是我不曾亲见，单靠想象是不中用的，所以我不去虚伪地代为悲叹了。倘若有人说这所记的只是个人的事情，于人生无益，我也承认，我本来只想说个人的私事，此外别无意思。今天太阳已经出来，傍晚可以出外去游嬉，这封信也就不再写下去了。

我本等着看你的秦游记，现在却由我先写给你看，这也可以算是"意表之外"的事罢。

十三年七月十七日，在京城书

鸟　声

　　古人有言："以鸟鸣春。"现在已过了春分，正是鸟声的时节了，但我觉得不大能够听到，虽然京城的西北隅已经近于乡村。这所谓鸟当然是指那飞鸣自在的东西，不必说鸡鸣咿咿鸭鸣呷呷的家奴，便是熟番似的鸽子之类也算不得数，因为他们都是忘记了四时八节的了。我所听见的鸟鸣只有檐头麻雀的啾啁，以及槐树上每天早来的啄木的干笑——这似乎都不能报春，麻雀的太琐碎了，而啄木又不免多一点干枯的气味。

　　英国诗人那许（Nash）有一首诗，被录在所谓"名诗选"（*Golden Treasury*）的卷首。他说，春天来了，百花开放，姑娘们跳着舞，天气温和，好鸟都歌唱起来。

他列举四样鸟声：

Cuckco, jug—jug, pu—wee, to—witta—woo!

这九行的诗实在有趣，我却总不敢译，因为怕一则译不好，二则要译错。现在只抄出一行来，看那四样是什么鸟。第一种勃姑，书名鹁鸠，他是自呼其名的，可以无疑了。第二种是夜莺，就是那林间的"发痴的鸟"，古希腊女诗人称之曰"春之使者，美音的夜莺"，他的名贵可想而知，只是我不知道他到底是什么东西。我们乡间的黄莺也会"翻叫"，被捕后常因想念妻子而急死，与他西方的表兄弟相同，但他要吃小鸟，而且又不发痴地唱上一夜以至于呕血。第四种虽似异怪乃是猫头鹰。第三种则不大明了，有人说是蚊母鸟，或云是田凫，但据斯密士的《鸟的生活与故事》第一章所说系小猫头鹰。倘若是真的，那么四种好鸟之中猫头鹰一家已占其二了。斯密士说这二者都是褐色猫头鹰，与别的怪声怪相的不同，他的书中虽有图像，我也认不得这是鸱是鸮还是流离之子，不过总是猫头鹰之类罢了。几时曾听见他们的呼声，有的声如货郎的摇鼓，有的恍若连呼"掘洼"（dzhuehuoang），俗云不祥主有死丧。

所以闻者多极懊恼，大约此风古已有之。查检观颎道人的《小演雅》，所录古今禽言中不见有猫头鹰的话。然而仔细回想，觉得那些叫声实在并不错，比任何风声箫声鸟声更为有趣，如诗人谢勒（Shelley）所说。

现在，就北京来说，这几样鸣声都没有，所有的还只是麻雀和啄木鸟。老鸹，乡间称云乌老鸦，在北京是每天可以听到的，但是一点风雅气也没有，而且是通年噪聒，不知道他是那一季的鸟。麻雀和啄木鸟虽然唱不出好的歌来，在那琐碎和干枯之中到底还含一些春气；唉唉，听那不讨人欢喜的乌老鸦叫也已够了，且让我们欢迎这些鸣春的小鸟，倾听他们的谈笑罢。

"啾唧，啾唧！"

"嘎嘎！"

十四年四月

故乡的野菜

　　我的故乡不止一个，凡我住过的地方都是故乡。故乡对于我并没有什么特别的情分，只因钓于斯游于斯的关系，朝夕会面，遂成相识，正如乡村里的邻舍一样，虽然不是亲属，别后有时也要想念到他。我在浙东住过十几年，南京东京都住过六年，这都是我的故乡；现在住在北京，于是北京就成了我的家乡了。

　　日前我的妻往西单市场买菜回来，说起有荠菜在那里卖着，我便想起浙东的事来。荠菜是浙东人春天常吃的野菜，乡间不必说，就是城里只要有后园的人家都可以随时采食，妇女小儿各拿一把剪刀一只"苗篮"，蹲在地上搜寻，是一种有趣味的游戏的工作。那时小孩们唱道:"荠菜马兰头,姊姊嫁在后门头。"后来马兰头有乡人拿来进城售卖了,但荠菜还是一种野菜,须得自家去采。关于荠菜向来颇有风雅的传说,不过这似乎以吴地为主。《西湖游览志》云:"三月三日男女皆戴荠菜花。谚云,三春戴荠花,桃李羞繁华。"顾禄的《清嘉录》上亦说:"荠菜花俗呼野菜花,因谚有三月三蚂蚁上灶山之语,三日人家皆以野菜花置灶陉上,以厌虫蚁。清晨村童叫卖不绝。或妇女簪髻上以祈清目,俗号眼亮花。"但浙东人却不很理会这些事情,只是挑来做菜或炒年糕吃罢了。

黄花麦果通称鼠麹草,系菊科植物,叶小,麹微圆互生,表面有白毛,花黄色,簇生梢头。春天采嫩叶,捣烂去汁,和粉作糕,称黄花麦果糕。小孩们有歌赞美之云:

"黄花麦果韧结结,

关得大门自要吃:

半块拿弗出,一块自要吃。"

清明前后扫墓时,有些人家——大约是保存古风的人家——用黄花麦果作供,但不作饼状,做成小颗如指顶大，或细条如小指，以五六个作一攒，名曰茧果，不知是什么意思，或因蚕上山时设祭，也用这种食品，故有是称，亦未可知。自从十二三岁时外出不参与外祖家扫墓以后，不复见过茧果，近来住在北京，也不再见黄花麦果的影子了。日本称作"御形"，与荠菜同为春的七草之一，也采来做点心用，状如艾饺，名曰"草饼"，春分前后多食之，在北京也有，但是吃去总是日本风味，不复是儿时的黄花麦果糕了。

扫墓时候所常吃的还有一种野菜，俗称草紫，通称紫云英。农人在收获后，播种田内，用作肥料，是一种很被贱视的植物，但采取嫩茎瀹食，味颇鲜美，似豌豆苗。花紫红色，数十亩接连不断，一片锦绣，如铺着华美的地毯，非常好看，而且花朵状若胡蝶，又如鸡雏，尤为小孩所喜，间有白色的花，相传可以治痢。很是珍重，但不易得。日本《俳句大辞典》云："此草与蒲公英同是习见的东西，从幼年时代便已熟识，在女人里边，不曾采过紫云英的人，恐未必有罢。"中国古来没有花环，但紫云英的花球却是小孩常玩的东西，这一层我还替那些小人们欣幸的。浙东扫墓用鼓吹，所以少年常随了乐音去看"上坟船里的姣姣"；没有钱的人家虽没有鼓吹，但是船头上篷窗下总露出些紫云英和杜鹃的花束，这也就是上坟船的确实的证据了。

十三年二月

北京的茶食

在东安市场的旧书摊上买到一本日本文章家五十岚力的《我的书翰》，中间说起东京的茶食店的点心都不好吃了，只有几家如上野山下的空也，还做得好点心，吃起来馅和糖及果实浑然融合，在舌头上分不出各自的味来。想起德川时代江户的二百五十年的繁华，当然有这一种享乐的流风余韵留传到今日，虽然比起京都来自然有点不及。北京建都已有五百余年之久，论理于衣食住方面应有多少精微的造就，但实际似乎并不如此，即以茶食而论，就不曾知道什么特殊的有滋味的东西。固然我们对于北京情形不甚熟悉，只是随便撞进一家饽饽铺里去买一点来吃，但是就撞过的经验来说，总没有很好吃的点心买到过。难道北京竟是没有好的茶食，还是有而我们不知道呢？这也未必全是为贪口腹之欲，总觉得住在古老的京城里吃不到包含历史的精炼的或颓废的点心是一个很大的缺陷。北京的朋友们，能够告诉我两三家做得上好点心的饽饽铺么？

我对于二十世纪的中国货色，有点不大喜欢，粗恶的模仿品，美其名曰国货，要卖得比外国货更贵些。新房子里卖的东西，便不免都有点怀疑，虽然这样说好像遗老的口吻，但总之关于风流享乐的事我是颇迷信传统的。我在西四牌楼以南走过，望着异馥斋的丈许高的独木招牌，不禁神往，因为这不但表示他是义和团以前的老店，那模糊阴暗的字迹又引起我一种焚香静坐的安闲而丰腴的生活的幻想。我不曾焚过什么香，却对于这件事很有趣味，然而终于不敢进香店去，因为怕他们在香盒上已放着花露水与日光皂了。我们于日用必需的东西以外，必须还有一点无用的游戏与享乐，生活才觉得有意思。我们看夕阳，看秋河，看花，听雨，闻香，喝不求解渴的酒，吃不求饱的点心，都是生活上必要的——虽然是无用的装点，而且是愈精炼愈好。可怜现在的中国生活，却是极端地干燥粗鄙，别的不说，我在北京彷徨了十年，终未曾吃到好点心。

十三年二月

吃　茶

　　前回徐志摩先生在平民中学讲"吃茶"——并不是胡适之先生所说的"吃讲茶"——我没有工夫去听，又可惜没有见到他精心结构的讲稿，但我推想他是在讲日本的"茶道"（英文译作Teaism），而且一定说的很好，茶道的意思，用平凡的话来说，可以称作"忙里偷闲，苦中作乐"，在不完全的现世享乐一点美与和谐，在刹那间体会永久，是日本之"象征的文化"里的一种代表艺术。关于这一件事，徐先生一定已有透彻巧妙的解说，不必再来多嘴，我现在所想说的，只是我个人的很平常的喝茶罢了。

　　喝茶以绿茶为正宗。红茶已经没有什么意味，何况又加糖——与牛奶。葛辛（George Gissing）的《草堂随笔》（*Private Papers of Henry Ryecroft*）确是很有趣味的书，但冬之卷里说及饮茶，以为英国家庭里下午的红茶与黄油面包是一日中最大的乐事，中国饮茶已历千百年，未必能领略此种乐趣与实益的万分之一，则我殊不以为然。红茶带"土斯"未始不可吃，但这只是当饭，在肚饥时食之而已；我的所谓喝茶，却是在喝清茶，在赏鉴其色与香与味，意未必在止渴，自然更不在果腹了。中国古昔曾吃过煎茶及抹茶，现在所用的都是泡茶，冈仓觉三在《茶之书》（*Book of Tea 1919*）里很巧妙的称之曰"自然主义的茶"，所以我们所重的即在这自然之妙味。中国人上茶馆去，左一碗右一碗的喝了半天，好像是刚从沙漠里回来的样子，颇合于我的喝茶的意思（听说闽粤有所谓吃工夫茶者自然也有道理），只可惜近来太是洋场化，失了本意，其结果成为饭馆子之流，只在乡村间还保存一点古风，惟是屋宇器具简陋万分，或者但可称为颇有喝茶之意，而未可许为已得喝茶之道也。

喝茶当于瓦屋纸窗之下，清泉绿茶，用素雅的陶瓷茶具，同二三人共饮，得半日之闲，可抵十年的尘梦。喝茶之后，再去继续修各人的胜业，无论为名为利，都无不可，但偶然的片刻优游乃正亦断不可少，中国喝茶时多吃瓜子，我觉得不很适宜；喝茶时可吃的东西应当是轻淡的"茶食"。中国的茶食却变了"满汉饽饽"，其性质与"阿阿兜"相差无几，不是喝茶时所吃的东西了。日本的点心虽是豆米的成品，但那优雅的形色，朴素的味道，很合于茶食的资格，如各色的"羊羹"（据上田恭辅氏考据，说是出于中国唐时的羊肝饼），尤有特殊的风味。江南茶馆中有一种"干丝"。用豆腐干切成细丝，加姜丝酱油，重汤炖热，上浇麻油，出以供客，其利益为"堂倌"所独有。豆腐干中本有一种"茶干"，今变而为丝，亦颇与茶相宜。在南京时常食此品，据云有某寺方丈所制为最，虽也曾尝试，却已忘记，所记得者乃只是下关的江天阁而已。学生们的习惯，平常"干丝"既出，大抵不即食，等到麻油再加，开水重换之后，始行举箸，最为合式，因为一到即罄，次碗继至，不遑应酬，否则麻油三浇，旋即撤去，怒形于色，未免使客不欢而散，茶意都消了。

吾乡昌安门外有一处地方，名三脚桥（实在并无三脚，乃是三出，因以一桥而跨三汊的河上也），其地有豆腐店曰周德和者，制茶干最有名。寻常的豆腐干方约寸半，厚三分，值钱二文，周德和的价值相同，小而且薄，几及一半，黝黑坚实，如紫檀片。我家距三脚桥有步行两小时的路程，故殊不易得，但能吃到油炸者而已。每天有人挑担设炉镬，沿街叫卖，其词曰：

"辣酱辣，

麻油炸，

红酱搽，辣酱拓：

周德和格五看油炸豆腐干。"

其制法如所述，以竹丝插其末端，每枚值三文。豆腐干大小如周德和，而甚柔软，大约系常品。惟经过这样烹调，虽然不是茶食之一，却也不失为一种好豆食——豆腐的确也是极东的佳妙的食品，可以有种种的变化，惟在西洋不会被领解，正如茶一般。

日本用茶淘饭，名曰"茶渍"，以腌菜及"泽庵"（即福建的黄土萝卜，日本泽庵法师始传此法，盖从中国传去）等为佐，很有清淡而甘香的风味。中国人未尝

不这样吃，惟其原因，非由穷困即为节省，殆少有故意
往清茶淡饭中寻其固有之味者，此所以为可惜也。

十三年十二月

谈　酒

　　这个年头儿，喝酒倒是很有意思的。我虽是京兆人，却生长在东南的海边，是出产酒的有名地方。我的舅父和姑父家里时常做几缸自用的酒，但我终于不知道酒是怎么做法，只觉得所用的大约是糯米，因为儿歌里说，"老酒糯米做，吃得变nionio"——末一字是本地叫猪的俗语。做酒的方法与器具似乎都很简单，只有煮的时候的手法极不容易，非有经验的工人不办，平常做酒的人家大抵聘请一个人来，俗称"酒头工"，以自己不能喝酒者为最上，叫他专管鉴定煮酒的时节。有一个远房亲戚，我们叫他"七斤公公"——他是我舅父的族叔，但是在他家里做短工，所以舅母只叫他作"七斤老"，有时也听见她叫"老七斤"，是这样的酒头工，每年去帮人家做酒；他喜吸旱烟，说玩话，打麻将，但是不大喝酒（海边的人喝一两碗是不算能喝，照市价计算也不值十文钱的酒），所以生意很好，时常跑一二百里路被招到诸暨嵊县去。据他说这实在并不难，只需走到缸边屈着身听，听见里边起泡的声音切切察察的，好像是螃蟹吐沫（儿童称为蟹煮饭）的样子，便拿来煮就得了；早一点酒还未成，迟一点就变酸了。但是怎么是恰好的时期，别人仍不能知道，只有听熟的耳朵才能够断定，正如骨董家的眼睛辨别古物一样。

大人家饮酒多用酒钟，以表示其斯文，实在是不对的。正当的喝法是用一种酒碗，浅而大，底有高足，可以说是古已有之的香宾杯。平常起码总是两碗，合一"串筒"，价值似是六文一碗。串筒略如倒写的凸字，上下部如一与三之比，以洋铁为之，无盖无嘴，可倒而不可筛，据好酒家说酒以倒为正宗，筛出来的不大好吃。惟酒保好于量酒之前先"荡"（置水于器内，摇荡而洗涤之谓）串筒，荡后往往将清水之一部分留在筒内，客嫌酒淡，常起争执，故喝酒老手必先戒堂倌以勿荡串筒，并监视其量好放在温酒架上。能饮者多索竹叶青，通称曰"本色"，"元红"系状元红之略，则着色者，惟外行人喜饮之。在外省有所谓花雕者，惟本地酒店中却没有这样东西。相传昔时人家生女，则酿酒贮花雕（一种有花纹的酒坛）中，至女儿出嫁时用以饷客，但此风今已不存，嫁女时偶用花雕，也只临时买元红充数，饮者不以为珍品。有些喝酒的人预备家酿，却有极好的，每年做醇酒若干坛，按次第埋园中，二十年后掘取，即每岁皆得饮二十年陈的老酒了。此种陈酒例不发售，故无处可买，我只有一回在旧日业师家里喝过这样好酒，至今还不曾忘记。

我既是酒乡的一个土著，又这样的喜欢谈酒，好像一定是个与"三酉"结不解缘的酒徒了。其实却大不然。我的父亲是很能喝酒的，我不知道他可以喝多少，只记得他每晚用花生米水果等下酒，且喝且谈天，至少要花费两点钟，恐怕所喝的酒一定很不少了。但我却是不肖，不，或者可以说有志未逮，因为我很喜欢喝酒而不会喝，所以每逢酒宴我总是第一个醉与脸红的。自从辛西患病后，医生叫我喝酒以代药饵，定量是勃阑地每回二十格阑姆，葡萄酒与老酒等倍之，六年以后酒量一点没有进步，到现在只要喝下一百格阑姆的花雕，便立刻变成关夫子了（以前大家笑谈称作"赤化"，此刻自然应当谨慎，虽然是说笑话）。有些有不醉之量的，愈饮愈是脸白的朋友，我觉得非常可以欣羡，只可惜他们愈能喝酒便愈不肯喝酒，好像是美人之不肯显示她的颜色，这实在是太不应该了。

黄酒比较的便宜一点，所以觉得时常可以买喝，其实别的酒也未尝不好。白干于我未免过凶一点，我喝了常怕口腔内要起泡，山西的汾酒与北京的莲花白虽然可喝少许，也总觉得不很和善。日本的清酒我颇喜欢，只是仿佛新酒模样，味道不很静定。葡萄酒与橙皮酒都很可口，但我以为最好的还是勃阑地。我觉得西洋人不很能够了解茶的趣味，至于酒则很有工夫，决不下于中国。天天喝洋酒当然是一个大的漏卮，正如吸烟卷一般，但不必一定进国货党，咬定牙根要抽净丝，随便喝一点什么酒其实都是无所不可的，至少是我个人这样的想。

喝酒的趣味在什么地方？这个我恐怕有点说不明白。有人说，酒的乐趣是在醉后的陶然的境界。但我不很了解这个境界是怎样的，因为我自饮酒以来似乎不大陶然过，不知怎的我的醉大抵都只是生理的，而不是精神的陶醉。所以照我说来，酒的趣味只是在饮的时候，我想悦乐大抵在做的这一刹那，倘若说是陶然那也当是杯在口的一刻罢。醉了，困倦了，或者应当休息一会儿，也是很安舒的，却未必能说酒的真趣是在此间。昏迷，梦魇，呓语，或是忘却现世忧患之一法门；其实这也是有限的，倒还不如把宇宙性命都投在一口美酒里的耽溺之力还要强大。我喝着酒，一面也怀着"杞天之虑"，生恐强硬的礼教反动之后将引起颓废的风气，结果是借醇酒妇人以避礼教的迫害，沙宁（Sanin）时代的出现不是不可能的。但是，或者在中国什么运动都未必彻底成功，青年的反拨力也未必怎么强盛，那么杞天终于只是杞天，仍旧能够让我们喝一口非耽溺的酒也未可知。倘若如此，那时喝酒又一定另外觉得很有意思了罢？

民国十五年六月二十日于北京

村里的戏班子

去不去到里赵看戏文？七斤老捏住了照例的那四尺长的毛竹旱烟管站起来说。

好吧。我踌躇了一会才回答，晚饭后舅母叫表姐妹们都去做什么事去了，反正搓不成马将。

我们出门往东走，面前的石板路朦胧地发白，河水黑黝黝的，隔河小屋里"哦"的叹了一声，知道劣秀才家的黄牛正在休息。再走上去就是外赵，走过外赵才是里赵，从名字上可以知道这是赵氏聚族而居的两个村子。

戏台搭在五十叔的稻地上，台屁股在半河里，泊着班船，让戏子可以上下，台前站着五六十个看客，左边有两间露天看台，是赵氏搭了请客人坐的。我因了五十婶的招待坐了上去，台上都是些堂客，老是嗑着瓜子，鼻子里闻着猛烈的头油气。戏台上点了两盏乌黩黩的发烟的洋油灯，傝傝傝地打着破锣，不一会儿有人出台来了，大家举眼一看，乃是多福纲司，镇塘殿的蛋船里的一位老大，头戴一顶灶司帽，大约是扮着什么朝代的皇帝。他在正面半桌背后坐了一分钟之后，出来踱了一趟，随即有一个赤背赤脚，单系一条牛头水裤的汉子，手拿两张破旧的令旗，夹住了皇帝的腰胯，把他一直送进后台去了。接着出来两三个一样赤着背，挽着纽纠头的人，起首乱跌，将他们的背脊向台板乱撞乱磕，碰得板都发跳，烟尘陡乱，据说是在"跌鲫鱼爆"，后来知道在旧戏的术语里叫作摔壳子。这一摔花了不少工夫，我渐渐有点忧虑，假如不是谁的脊梁或是台板摔断一块，大约这场跌打不会中止。好容易这两三个人都平安地进了台房，破锣又傝傝地开始敲打起来，加上了斗鼓的格答格答的声响，仿佛表示要有重要的事件出现了。忽然从后台唱起"呀"的一声，一位穿黄袍，手拿象鼻刀的人站在台口，台下起了喊声，似乎以小孩的呼笑为多：

"弯老，猪头多少钱一斤？……"

"阿九阿九，桥头吊酒，……"

我认识这是桥头卖猪肉的阿九。他拿了象鼻刀在台上摆出好些架势，把眼睛轮来轮去的，可是在小孩们看了似乎很是好玩，呼号得更起劲了，其中夹着一两个大人的声音道：

"阿九，多卖点力气。"

一个穿白袍的撅着一枝两头枪奔出来，和阿九遇见就打，大家知道这是打更的长明，不过谁也和他不打招呼。

女客嗑着爪子，头油气一阵阵地熏过来。七斤老靠了看台站着，打了两个呵欠，抬起头来对我说道，到那边去看看吧。

我也不知道那边是什么，就爬下台来，跟着他走。到神桌跟前，看见桌上供着五个纸牌位，其中一张绿的知道照例是火神菩萨。再往前走进了两扇大板门，即是五十叔的家里。堂前一顶八仙桌，四角点了洋蜡烛，在搓麻将，四个人差不多都是认识的。我受了"麦镬烧"的供应，七斤老在抽他的旱烟——"湾奇"，站在人家背后看得有点入迷。胡里胡涂地过了好些时光，很有点儿倦怠，我催道，再到戏文台下溜一溜吧。

嗡，七斤老含着旱烟管的咬嘴答应。眼睛仍望着人家的牌，用力地喝了几口，把烟蒂头磕在地上，别转头往外走，我拉着他的烟必子，一起走到稻地上来。

戏台上乌黢黢的台亮还是发着烟，堂客和野小孩都已不见了，台下还有些看客，零零落落地大约有十来个人。一个穿黑衣的人在台上踱着。原来这还是他阿九，头戴毗卢帽，手执仙帚，小丑似的把脚一伸一伸地走路，恐怕是"合钵"里的法海和尚吧。

站了一会儿，阿九老是踱着，拂着仙帚。我觉得烟必子在动，便也跟了移动，渐渐往外赵方面去，戏台留在后边了。

忽然听得远远地破锣侉侉地响，心想阿九这一出戏大约已做完了吧。路上记起儿童的一首俗歌来，觉得写得很好：

"台上紫云班，台下都走散。

连连关庙门，东边墙壁都爬坍。

连连扯得住，只剩一担馄饨担。"

十九年六月

关于苦茶

　　去年春天偶然做了两首打油诗，不意在上海引起了一点风波，大约可以与今年所谓中国本位的文化宣言相比，不过有这差别，前者大家以为是亡国之音，后者则是国家将兴必有祯祥罢了。此外也有人把打油诗拿来当作历史传记读，如字的加以检讨，或者说玩骨董那必然有些钟鼎书画吧，或者又相信我专喜谈鬼，差不多是蒲留仙一流人。这些看法都并无什么用意，也于名誉无损，用不着声明更正，不过与事实相远这一节总是可以奉告的。其次有一件想象的事，但是却颇愉快的，一位友人因为记起吃苦茶的那句话，顺便买了一包特种的茶叶拿来送我。这是我很熟的一个朋友，我感谢他的好意，可是这茶实在太苦，我终于没有能够多吃。

据朋友说这叫作苦丁茶。我去查书，只在日本书上查到一点，云系山茶科的常绿灌木，干粗，叶亦大，长至三四寸，晚秋叶腋开白花，自生山地间，日本名曰唐茶（Tocha），一名龟甲茶，汉名皋芦，亦云苦丁。赵学敏《本草拾遗》卷六云：

"角刺茶，出徽州。土人二三月采茶时兼采十大功劳叶，俗名老鼠刺，叶曰苦丁，和匀同炒，焙成茶，货与尼庵，转售富家妇女，云妇人服之终身不孕，为断产第一妙药也。每斤银八钱。"

茶十大功劳与老鼠刺均系五加皮树的别名，属于五加科，又是落叶灌木，虽亦有苦丁之名，可以制茶，似与上文所说不是一物，况且友人也不说这茶喝了可以节育的。再查类书关于皋芦却有几条，《广州记》云：

"皋卢，茗之别名，叶大而涩，南人以为饮。"

又《茶经》有类似的话云：

"南方有瓜芦木，亦似茗，至苦涩，取为屑茶饮亦可通夜不眠。"

《南越志》则云：

"茗苦涩，亦谓之过罗。"

此木盖出于南方，不见经传，皋芦云云本系土俗名，各书记录其音耳。但是这是怎样的一种植物呢，书上都未说及，我只好从茶壶里去拿出一片叶子来，仿佛制腊叶似的弄得干燥平直了，仔细看时，我认得这乃是故乡常种的一种坟头树，方言称作拘朴树的就是，叶长二寸，宽一寸二分，边有细锯齿，其形状的确有点像龟壳。原来这可以泡茶吃的，虽然味大苦涩，不但我不能多吃，便是且将就斋主人也只喝了两口，要求泡别的茶吃了。但是我很觉得有兴趣，不知道在白菊花以外还有些什么叶子可以当茶？《毛诗草木鸟兽虫鱼疏》"山有栲"一条下云：

"山樗生山中，与下田樗大略无异，叶似差狭耳，吴人以其叶为茗。"

《五杂俎》卷十一云：

"以绿豆微炒，投沸汤中倾之，其色正绿，香味亦不减新茗，宿村中觅茗不得者可以此代。"

此与现今炒黑豆作咖啡正是一样。又云：

"北方柳芽初茁者采之入汤，云其味胜茶。曲阜孔林楷木其芽可烹。闽中佛手柑橄榄为汤，饮之清香，色味亦旗枪之亚也。"

卷十记孔林楷木条下云：

"其芽香苦，可烹以代茗，亦可于而茹之，即俗云黄连头。"

孔林吾未得瞻仰，不知楷木为何如树，惟黄连头则少时尝茹之，且颇喜欢吃，以为有福建橄榄豉之风味也。关于以木芽代茶，《湖雅》卷二亦有二则云：

"桑芽茶，案山中有木俗名新桑荑，采嫩芽可代茗，非蚕所食之桑也。"

"柳芽茶，案柳芽亦采以代茗，嫩碧可爱，有色而无香味。"

汪谢城此处所说与谢在杭不同，但不佞却有点左袒汪君，因为其味胜茶的说法觉得不大靠得住也。

许多东西都可以代茶，咖啡等洋货还在其外，可是我只感到好玩，有这些花样，至于我自己还只觉得茶好，而且茶也以绿的为限，红茶以至香片嫌其近于咖啡，这也别无多大道理，单因为从小在家里吃惯本山茶叶耳。口渴了要喝水，水里照例泡进茶叶去，吃惯了就成了规矩，如此而已。对于茶有什么特别了解，赏识，哲学或主义么？这未必然。一定喜欢苦茶，非苦的不喝么？这也未必然。那么为什么诗里那么说，为什么又叫作庵名，岂不是假话么？那也未必然。今世虽不出家亦不打诳语。必要说明，还是去小学上找罢。吾友沈兼士先生有诗为证，题曰《又和一首自调》，此系后半首也：

"端透于今变澄彻，鱼模自古读歌麻。

眼前一例君须记，茶苦原来即苦茶。"

二十四年二月

关于纸

答应谢先生给《言林》写文章，却老没有写。谢先生来信催促了两回，可是不但没有生气，还好意的提出两个题目来，叫我采纳。其一是因为我说爱读谷崎润一郎的《摄阳随笔》，其中有《文房具漫谈》一篇："因此想到高斋的文房之类，请即写出来，告诉南方的读者何如？"

谢先生的好意我很感激，不过这个题目我仍旧写不出什么来。敝斋的文房具压根儿就无可谈，虽然我是用毛笔写字的，照例应该有笔墨纸砚。砚我只有一块歙石的，终年在抽斗里歇着，平常用的还是铜墨盒。笔墨也很寻常，我只觉得北平的毛笔不径用，未免耗费，墨则没有什么问题，一两角钱一瓶的墨汁固然可以用好些日子，就是浪费一点买锭旧墨"青麟髓"之类，也着实上算，大约一两年都磨不了，古人所谓非人磨墨墨磨人，实在是不错的话。比较觉得麻烦的就只是纸，这与谷崎的漫谈所说有点相近了。

因为用毛笔写字的缘故，光滑的洋纸就不适宜，至于机制的洋连史更觉得讨厌。洋稿纸的一种毛病是分量重，如谷崎所说过的，但假如习惯用钢笔，则这缺点也只好原谅了吧。洋连史分量仍重而质地又脆，这简直就是白有光纸罢了。中国自讲洋务以来，印书最初用考贝纸，其次是有光纸，进步至洋连史而止，又一路是报纸，进步至洋宣而止，还有米色的一种，不过颜色可以唬人，纸质恐怕还不及洋宣的结实罢。其实这岂是可以印书的呢？看了随即丢掉的新闻杂志，御用或投机的著述，这样印本来也无妨，若是想要保存的东西，那就不行。拿来写字，又都不合适。照这样情形下去，我真怕中国的竹纸要消灭了。中国的米棉茶丝磁现在都是逆输入了，墨用洋烟，纸也是洋宣洋连史，市上就只还没有洋毛笔而已。

本国纸的渐渐消灭似乎也不只是中国，日本大约也有同样的趋势。日前在《现代随笔全集》中见到寿岳文章的一篇《和纸复兴》，当初是登在月刊《工艺》上边的。这里边有两节云：

"我们少年时代在小学校所学的手工里有一种所谓纸捻细工的。记得似乎可以做成纸烟匣这类的东西。现在恐怕这些都不成了吧。因为可以做纸捻材料几乎在我们的周围全已没有了。商家的账簿也已改为洋式簿记了。学童习字所用的纸差不多全是那脆弱的所谓'改良半纸'（案即中国所云洋连史也）。在现今都用洋派便笺代了卷纸，用茶褐色洋信封代了生漉书状袋的时代，想要随便搓个纸捻也就没有可以搓的东西了。和纸已经离我们的周围那么远了，如不是特地去买了和纸来，连一根纸捻也都搓不成了。

"放风筝是很有趣的。寒冬来了在冻得黑黑的田地上冷风呼呼的吹过去的时候，乡间的少年往往自己削竹糊纸，制造风筝。我还记得，站在树荫底下躲着风，放上风筝去，一下子就挂在很高的山毛榉的树上了。但是用了结实的和纸所做的风筝就是少微挂在树枝上，也就不会得就破的。即使是买来的，也用相当的坚固的纸。可是现今都会的少年买来玩耍的风筝是怎样呢？只要略略碰了电线一下，戳破了面颊的爆弹三勇士便早已瘪了嘴要哭出来了。"这里所谓和纸本来都是皮纸，最普通的是"半纸"，又一种色微黑而更坚韧，名为"西之内"，古来印书多用此纸。这大都用木质，所以要比中国的竹质的要好一点，但是现今同样的稀少了，所不同的是日本"改良半纸"之类都是本国自造，中国的洋连史之类大半是外国代造罢了。

　　日本用"西之内"纸所印的旧书甚多，所以容易得到，废姓外骨的著述虽用铅印而纸则颇讲究，普通和纸外有用杜仲纸者，近日买得永井荷风随笔曰《雨潇潇》，亦铅印而用越前国楮纸，颇觉可喜。梁任公在日本时用美浓纸印《人境庐诗草》，上虞罗氏前所印书亦多用佳纸，不过我只有《雪堂博录》等数种而已。中国佳纸印成的书我没有什么，如故宫博物院以旧高丽纸影印书画，可谓珍贵矣，我亦未有一册。关于中国的纸，我并不希望有了不得的精品，只要有黄白竹纸可以印书，可以写字，便已够了，洋式机制各品自无妨去造，但大家勿认有光纸类为天下第一珍品，此最是要紧。至于我自己写文章但要轻软吃墨的毛边纸为稿纸耳，他无所需也。

民国廿五年一月八日

北平的春天

北平的春天似乎已经开始了，虽然我还不大觉得。立春已过了十天，现在是七九六十三的起头了，布衲摊在两肩，穷人该有欣欣向荣之意。光绪甲辰即一九〇四年小除那时我在江南水师学堂曾作一诗云：

"一年倏就除，风物何凄紧。百岁良悠悠，向日催人尽。既不为大椿，便应如朝菌。一死息群生，何处问灵蠢。"

但是第二天除夕我又做了这样一首云：

"东风三月烟花好，凉意千山云树幽。冬最无情今归去，明朝又得及春游。"

这诗是一样的不成东西，不过可以表示我总是很爱春天的。春天有什么好呢，要讲他的力量及其道德的意义，最好去查盲诗人爱罗先珂的抒情诗的演说，那篇世界语原稿是由我笔录，译本也是我写的，所以约略都还记得，但是这里誊录自然也更可不必了。春天的是官能的美，是要去直接领略的，关门歌颂一无是处，所以这里抽象的话暂且割爱。

且说我自己的关于春的经验，都是与游有相关的。古人虽说以鸟鸣春，但我觉得还是在别方面更感到春的印象，即是水与花木。迂阔的说一句，或者这正是活物的根本的缘故罢。小时候，在春天总有些出游的机会，扫墓与香市是主要的两件事，而通行只有水路，所在又多是山上野外，那么这水与花木自然就不会缺少的。香市是公众的行事，禹庙南镇香炉峰为其代表；扫墓是私家的，会稽的乌石头调马场等地方至今在我的记忆中还是一种代表的春景。庚子年三月十六日的日记云：

"晨坐船出东郭门，挽纤行十里，至绕门山，今称东湖，为陶心云先生所创修，堤计长二百丈，皆植千叶桃垂柳及女贞子各树，游人颇多。又三十里至富盛埠，乘兜桥过市行三里许，越岭，约千余级。山中映山红牛郎花甚多，又有蕉藤数株，着花蔚蓝色，状如豆花，结实即刀豆也，可入药。路旁皆竹林，竹萌之出土者粗于碗口而长仅二三寸，颇为可观。忽闻有声如鸡鸣，阁阁然，山谷皆响，问之轿夫，云系雉鸡叫也。又二里许过一溪，阔数丈，水没及骭，舁者乱流而渡，水中圆石颗颗，大如鹅卵，整洁可喜。行三四里至墓所，松柏夹道，颇称宏壮。方祭时，小雨簌簌落衣袂间，幸即晴霁。下山午餐，下午开船。将进城门，忽天色如墨，雷电并作，大雨倾注，至家不息。"

旧事重提，本来没有多大意思，这里只是举个例子，说明我春游的观念而已。我们本是水乡的居民，平常对于水不觉得怎么新奇，要去临流赏玩一番，可是生平与水太相习了，自有一种情分，仿佛觉得生活的美与悦乐之背景里都有水在，由水而生的草木次之，禽虫又次之。我非不喜禽虫，但它总离不了草木，不但是吃食，也实是必要的寄托，盖即使以鸟鸣春，这鸣也得在枝头或草原上才好，若是雕笼金锁，无论怎样的鸣的起劲，总使人听了索然兴尽也。

话休烦絮。到底北京的春天怎么样了呢，老实说，我住在北京和北平已将二十年，不可谓不久矣，对于春游却并无什么经验。妙峰山虽热闹，尚无暇瞻仰，清明郊游只有野哭可听耳。北平缺少水气，使春光减了成色，而气候变化少剧，春天似不曾独立存在，如不算他是夏的头，亦不妨称为冬的尾，总之风和日暖让我们着了单袷可以随意徜徉的时候是极少，刚觉得不冷就要热了起来了。不过这春的季候自然还是有的。第一，冬之后明明是春，且不说节气上的立春也已过了。第二，生物的发生当然是春的证据，牛山和尚诗云，春叫猫儿猫叫春，是也。人在春天却只是懒散，雅人称曰春困，这似乎是别一种表示。所以北平到底还是有他的春天，不过太慌张一点了，又欠腴润一点，叫人有时来不及尝他的味儿，有时尝了觉得少枯燥了，虽然名字还叫作春天，但是实在就把他当作冬的尾，要不然便是夏的头，反正这两者在表面上虽差得远，实际上对于不大承认他是春天原是一样的。

我倒还是爱北平的冬天。春天总是故乡的有意思，虽然这是三四十年前的事，现在怎么样我不知道。至于冬天，就是三四十年前的故乡的冬天我也不喜欢：那些手脚生冻瘃，半夜里醒过来像是悬空挂着似的上下四旁都是冷气的感觉，很不好受，在北平的纸糊过的屋子里就不会有的。在屋里不苦寒，冬天便有一种好处，可以让人家做事，手不僵冻，不必炙砚呵笔，于我们写文章的人大有利益。北平虽几乎没有春天，我并无什么不满意，盖吾以冬读代春游之乐久矣。

廿五年二月十四日

买墨小记

我的买墨是压根儿不足道的。不但不曾见过邵格之，连吴天章也都没有，怎么够得上说墨，我只是买一点儿来用用罢了。我写字多用毛笔，这也是我落伍之一，但是习惯了不能改，只好就用下去，而毛笔非墨不可，又只得买墨。本来墨汁是最便也最经济的，可是胶太重，不知道用的什么烟，难保没有"化学"的东西，写在纸上常要发青，写稿不打紧，想要少保存的就很不合适了。买一锭半两的旧墨，磨来磨去也可以用上一个年头，古人有言，非人磨墨墨磨人，似乎感慨系之，我只引来表明墨也很经用，并不怎么不上算而已。

买墨为的是用，那么一年买一两半两就够了。这话原是不错的，事实上却不容易照办，因为多买一两块留着玩玩也是人情之常。据闲人先生在《谈用墨》中说："油烟墨自光绪五年以前皆可用。"凌宴池先生的《清墨说略》曰："墨至光绪二十年，或曰十五年，可谓遭亘古未有之浩劫，盖其时矿质之洋烟输入……墨法遂不可复问。"所以从实用上说，"光绪中叶"以前的制品大抵就够我们常人之用了，实在我买的也不过光绪至道光的，去年买到几块道光乙未年的墨，整整是一百年，磨了也很细黑，觉得颇喜欢，至于乾嘉诸老还未敢请教也。这样说来，墨又有什么可玩的呢？道光以后的墨，其字画雕刻去古益远，殆无可观也已，我这里说玩玩者乃是别一方面，大概不在物而在人，亦不在工人而在主人，去墨本身已甚远而近于收藏名人之著书矣。

我的墨里最可纪念的是两块"曲园先生著书之墨"，这是民国廿三春间我做那首"且到寒斋吃苦茶"的打油诗的时候平伯送给我的。墨的又一面是春在堂三字，印文曰程氏掬庄，边款曰：光绪丁酉仲春鞠庄精选清烟。

其次是一块圆顶碑式的松烟墨，边款曰：鉴莹斋珍藏；正面篆文一行云：同治九年正月初吉；背文云：绩溪胡甘伯会稽赵扐叔校经之墨，分两行写，为赵手笔。赵君在《谪麟堂遗集》叙目中云："岁在辛未，余方入都居同岁生胡甘伯寓屋。"即同治十年，至次年壬申而甘伯死矣。赵君有从弟为余表兄，乡俗亦称亲戚，余生也晚，乃不及见。小时候听祖父常骂赵益甫，与李莼客在日记所骂相似，盖诸公性情有相似处故反相克也。

近日得一半两墨，形状凡近，两面花边作木器纹，题曰：会稽扁舟子著书之墨；背曰：徽州胡开文选烟；边款云：光绪七年。扁舟子即范寅，著有《越谚》共五卷，今行于世。其《事言日记》第三册中光绪四年戊寅纪事云：

"元旦，辛亥。巳初书红，试新模扁舟子著书之墨，甚坚细而佳，惟新而腻，须俟三年后用之。"盖即与此同型，惟此乃后年所制者耳。日记中又有丁丑十二月初八日条曰：

"陈槐亭曰，前月朔日营务处朱懋勋方伯明亮国省言，禹庙有联系范某撰书并跋者，梅中丞见而赞之，朱方伯保举范某能造轮船，中丞嘱起稿云云，子有禹庙联乎，果能造轮船乎？应曰，皆是也。"范君用水车法以轮进舟，而需多人脚踏，其后仍改用篙橹，甲午前后曾在范君宅后河中见之，盖已与普通的"四明瓦"无异矣。

前所云一百年墨共有八锭，篆文曰：墨缘堂书画墨；背曰：蔡友石珍藏；边款云：道光乙未年汪近圣造。又一枚少小，篆文相同，背文两行曰：一点如漆，百年如石；下云：友石清赏；边款云：道光乙未年三月。甘实庵《白下琐言》卷三云：

"蔡友石太仆世松精鉴别，收藏尤富，归养家居，以书画自娱，与人评论娓娓不倦。所藏名人墨迹，钩摹上石，为墨缘堂帖，真信而好古矣。"此外在《金陵词钞》中见有词几首，关于蔡友石所知有限，今看见此墨却便觉得非陌生人，仿佛有一种缘分也。货布墨五枚，形与文均如之，背文二行曰：斋谷山人属胡开文仿古；边款云：光绪癸巳年春日。此墨甚寻常，只因是刻《习苦斋画絮》的惠年所造，故记之。又有墨二枚，无文字，惟上方横行五字曰云龙旧衲制，据云亦是惠菱舫也。

又墨四锭，一面双鱼纹，中央篆书曰：大吉昌宜侯王，背作桥上望月图，题曰湖桥乡思。两侧隶书曰：故乡亲友劳相忆，丸作隃糜当尺鳞。仲仪所贻，苍佩室制。疑是谭复堂所作，案谭君曾宦游安徽，事或可能，但体制凡近，亦未敢定也。

墨缘堂墨有好几块，所以磨了来用，别的虽然较新，却舍不得磨，只是放着看看而已。从前有人说买不起骨董，得货布及龟鹤齐寿钱，制作精好，可以当作小铜器看，我也曾这样做，又搜集过三五古砖，算是小石刻。这些墨原非佳品，总也可以当墨玩了，何况多是先哲乡贤的手泽，岂非很好的小骨董乎。我前作《骨董小记》，今更写此，作为补遗焉。

廿五年二月十五日，于北平苦茶庵中

济南道中

伏园兄：

　　你应该还记得"夜航船"的趣味罢？这个趣味里的确包含有些不很优雅的非趣味，但如一切过去的记忆一样，我们所记住的大抵只是一些经过时间融化变了形的东西，所以想起来还是很好的趣味。我平素由绍兴往杭州总从城里动身（这是二十年前的话了），有一回同几个朋友从乡间趁船，这九十里的一站路足足走了半天一夜；下午开船，傍晚才到西郭门外，于是停泊，大家上岸吃酒饭。这很有牧歌的趣味，值得田园画家的描写。第二天早晨到了西兴，埠头的饭店主人很殷勤的留客，点头说"吃了饭去"，进去坐在里面（斯文人当然不在柜台边和"短衣帮"并排着坐）破板桌边，便端出烤虾小炒腌鸭蛋等"家常便饭"来，也有一种特别的风味。可惜我好久好久不曾吃了。

今天我坐在特别快车内从北京往济南去，不禁忽然的想起旧事来。火车里吃的是大菜，车站上的小贩又都关出在木栅栏外，不容易买到土俗品来吃。先前却不是如此，一九〇六年我们乘京汉车往北京应练兵处（那时的大臣是水竹村人）的考试的时候，还在车窗口买到许多东西乱吃，如一个铜子一只的大雅梨，十五个铜子一只的烧鸡之类；后来在什么站买到兔肉，同学有人说这实在是猫，大家便觉得恶心不能再吃，都摔到窗外去了。在日本旅行，于新式的整齐清洁之中（现在对于日本的事只好"轻描淡写"地说一句半句，不然恐要蹈邓先生的覆辙），却仍保存着旧日的长闲的风趣。我在东海道中买过一箱"日本第一的吉备团子"，虽然不能证明是桃太郎的遗制，口味却真不坏，可惜都被小孩们分吃，我只尝到一两颗，而且又小得可恨。还有平常的"便当"，在形式内容上也总是美术的，味道也好，虽在吃惯肥鱼大肉的大人先生们自然有点不配胃口。"文明"一点的有"冰激凌"，装在一只麦粉做的杯子里，末了也一同咽下去——我坐在这铁甲快车内，肚子有点饿了，颇想吃一点小食，如孟代故事中王子所吃的，然而现在实属没有法子，只好往餐堂车中去吃洋饭。

我并不是不要吃大菜的。但虽然要吃，若在强迫的非吃不可的时候，也会令人不高兴起来。还有一层，在中国旅行的洋人的确太无礼仪，即使并无什么暴行，也总是放肆讨厌的。即如在我这一间房里的一个怡和洋行的老板，带了一只小狗，说是在天津花了四十块钱买来的；他一上车就高卧不起，让小狗在房内撒尿，忙得车侍三次拿布来擦地板，又不喂饱，任它东张西望，呜呜的哭叫。我不是虐待动物者，但见人家昵爱动物，搂抱猫狗坐车坐船，妨害别人，也是很嫌恶的；我觉得那样的昵爱正与虐待同样的是有点兽性的。洋人中当然也有真文明人，不过商人大抵不行，如中国的商人一样。中国近来新起一种"打鬼"——便是打"玄学鬼"与"直脚鬼"——的倾向，我大体上也觉得赞成，只是对于他们的态度有点不能附和。我们要把一切的鬼或神全数打出去，这是不可能的事，更无论他们只是拍令牌，念退鬼咒，当然毫无功效，只足以表明中国人术士气之十足，或者更留下一点恶因。我们所能做，所要做的，是如何使玄学鬼或直脚鬼不能为害。我相信，一切的鬼都是为害的，倘若被放纵着，便是我们自己"曲脚鬼"也何尝不如此……人家说，谈天谈到末了，一定要讲到下作的话去，现在我却反对的谈起这样正经大道理来，也似乎不大合适，可以不再写下去了罢。

十三年五月三十一日，津浦车中

济南道中之二

　　过了德州，下了一阵雨，天气顿觉凉快，天色也暗下来了。室内点上电灯，我向窗外一望，却见别有一片亮光照在树上地上，觉得奇异，同车的一位宁波人告诉我，这是后面护送的兵车的电光。我探头出去，果然看见末后的一辆车头上，两边各有一盏灯（这是我推想出来的，因为我看的只是一边），射出光来，正如北京城里汽车的两只大眼睛一样。当初我以为既然是兵车的探照灯，一定是很大的，却正出于意料之外，它的光只照着车旁两三丈远的地方，并不能直照见树林中的贼踪。据那位买办所说，这是从去年故孙美瑶团长在临城做了那"算不得什么大事"之后新增的，似乎颇发生效力，这两道神光真吓退了沿路的毛贼，因为以后确不曾出过事，而且我于昨夜也已安抵济南了。但我总觉得好笑，这两点光照在火车的尾巴头，好像是夏夜的萤火，太富于诙谐之趣。我坐在车中，看着窗外的亮光从地面移在麦子上，从麦子移到树叶上，心里起了一种离奇的感觉，觉得似危险非危险，似平安非平安，似现实又似在做戏，仿佛眼看程咬金腰间插着两把纸糊大板斧在台上踱着时一样。我们平常有一句话，时时说起却很少实验到的，现在拿来应用，正相适合——这便是所谓浪漫的境界。

十点钟到济南站后，坐洋车进城，路上看见许多店铺都已关门——都上着"排门"，与浙东相似。我不能算是爱故乡的人，但见了这样的街市，却也觉得很是喜欢。有一次夏天，我从家里往杭州，因为河水干涸，船只能到牛屎浜，在早晨三四点钟的时分坐轿出发，通过萧山县城；那时所见街上的情形，很有点与这回相像。其实绍兴和南京的夜景也未尝不如此，不过徒步走过的印象与车上所见到底有些不同，所以叫不起联想来罢了。城里有好些地方也已改用玻璃门，同北京一样，这是我今天下午出去看来的。我不能说排门是比玻璃门更好，在实际上玻璃门当然比排门要便利得多。但由我旁观地看去，总觉得旧式的铺门较有趣味。玻璃门也自然可以有它的美观，可惜现在多未能顾到这一层，大都是粗劣潦草，如一切的新东西一样。旧房屋的粗拙，全体还有些调和，新式的却只见轻率凌乱这一点而已。

今天下午同四个朋友去游大明湖，从鹊华桥下船。这是一种"出坂船"似的长方的船，门窗做得很考究，船头有匾一块，文云"逸兴豪情"——我说船头，只因它形势似船头，但行驶起来，它却变了船尾，一个舟子便站在那里倒撑上去。他所用的家伙只是一支天然木的篙，不知是什么树，剥去了皮，很是光滑，树身却是弯来扭去的并不笔直；他拿了这件东西，能够使一只大船进退回旋无不如意，并且不曾遇见一点小冲撞，在我只知道使船用桨橹的人看了不禁着实惊叹。大明湖在《老残游记》里很有一段描写，我觉得写不出更好的文章来，而且你以前赴教育改进社年会时也曾到过，所以我可以不絮说了。我也同老残一样，走到历下亭铁公祠各处，但可惜不曾在明湖居听得白妞说梨花大鼓。我们又去看"大帅张少轩"捐赀倡修的曾子固的祠堂，以及张公祠，祠里还挂有一幅他的"门下子婿"的长髯照相和好些"圣朝柱石"等等的孙公德政牌。随后又到北极祠去一看，照例是那些塑像，正殿右侧一个大鬼，一手倒提着一个小妖，一手揎着一个，神气非常活现，右脚下踏着一个女子，她的脚跟正落在腰间，把她踹得目瞪口呆，似乎喘不过气来，不知是到底犯了什么罪。大明湖的印象仿佛像南京的玄武湖，不过这湖是在城里，很是别致。清人铁保有一联云，"四面荷花三面柳，一城山色半城湖"，实在说得很好（据老残说这是铁公祠大门的楹联，现今却已掉下，在享堂内倚墙放着了），虽然我们这回看不到荷花，而且湖边渐渐地填为平地，面积大不如前，水路也很窄狭，两旁变了私产，一区一区地用苇塘围绕，都是人家种蒲养鱼的地方，所以《老残游记》里所记千佛山倒影入湖的景象已经无从得见，至于"一声渔唱"尤其是听不到了。但是济南城里有一个湖，即使较前已经不如，总是很好的事；这实在可以代一个大公园，而且比公园更为有趣，于青年也很有益，我遇见好许多船的学生在湖中往来，比较中央公园里那些学生站在路边等看头发像鸡窠的女人要好得多多——我并不一定反对人家看女人，不过那样看法未免令人见了生厌。这一天的湖逛得很快意，船中还有王君的一个三岁的小孩同去，更令我们喜悦。他从宋君手里要葡萄干吃，每拿几颗例须唱一出歌加以跳舞，他便手舞足蹈唱"一二三四"给我们听，交换五六个葡萄干，可是他后来也觉得麻烦，便提出要求，说"不唱也给我罢"。他是个很活泼可爱的小人儿，而且一口的济南话，我在他口中初次听到"俺"这一个字活用在言语里，虽然这种调子我们从北大徐君的话里早已听惯了。

六月一日，在"家家泉水户户垂杨"的济南城内

济南道中之三

　　六月二日午前，往工业学校看金线泉。这天正下着雨，我们乘暂时雨住的时候，踏着湿透的青草，走到石池旁边，照着老残的样子侧着头细看水面，却终于看不见那条金线，只有许多水泡，像是一串串的珍珠，或者还不如说水银的蒸汽，从石隙中直冒上来，仿佛是地下有几座丹灶在那里炼药。池底里长着许多植物，有竹有柏，有些不知名的花木，还有一株月季花，带着一个开过的花蒂：这些植物生在水底，枝叶青绿，如在陆上一样，到底不知道是怎么一回事。金线泉的邻近，有陈遵留客的投辖井，不过现在只是一个六尺左右的方池，辖虽还可以投，但是投下去也就可以取出来了。次到趵突泉，见大池中央有三股泉水向上喷涌，据《老残游记》里说翻出水面有二三尺高，我们看见却不过尺许罢了。池水在雨后颇是浑浊，也不曾流得"汩汩有声"，加上周围的石桥石路以及茶馆之类，觉得很有点像故乡的脂沟汇——传说是越王宫女倾脂粉水，汇流此地，现在却俗称"猪狗汇"，是乡村航船的聚会地了。随后我们往商埠游公园，刚才进门雨又大下，在茶亭中坐了许久，等雨霁后再出来游玩，园中别无游客，容我们三人独占全园，也是极有趣味的事。公园本不很大，所以便即游了，里边又别无名胜古迹，一切都是人工的新设，但有一所大厅，门口悬着匾额，大书曰"畅趣游情，马良撰并书"，我却瞻仰了好久。我以前以为马良将军只是善于打什么拳的人，现在才知道也很有风雅的趣味，不得不陈谢我当初的疏忽了。

此外我不曾往别处游览，但济南这地方却已尽够中我的意了。我觉得北京也很好，只是太多风和灰土，济南则没有这些；济南很有江南的风味，但我所讨厌的那些东南的脾气似乎没有（或未免有点速断？），所以是颇愉快的地方。然而因为端午将到，我不能不赶快回北京来，于是在五日午前二时终于乘了快车离开济南了。

我在济南四天，讲演了八次。范围题目都由我自己选定，本来已是自由极了，但是想来想去总觉得没有什么可讲，勉强拟了几个题目，都没有十分把握，至于所讲的话觉得不能句句确实，句句表现出真诚的气氛来，那是更不必说了。就是平常谈话，也常觉得自己有些话是虚空的，不与心情切实相应，说出时便即知道，感到一种恶心的寂寞，好像是嘴里尝到了肥皂。石川啄木的短歌之一云：

"不知怎的，

总觉得自己是虚伪之块似的，

将眼睛闭上了。"

这种感觉，实在经验了好许多次。在这八个题目之中，只有末了的"神话的趣味"还比较的好一点；这并非因为关于神话更有把握，只因世间对于这个问题很多误会，据公刊的文章上看来，几乎尚未有人加以相当的理解，所以我对于自己的意见还未开始怀疑，觉得不妨略说几句。我想神话的命运很有点与梦相似。野蛮人以梦为真，半开化人以梦为兆，"文明人"以梦为幻，然而在现代学者的手里，却成为全人格之非意识的显现；神话也经过宗教的，"哲学的"以及"科学的"解释之后，由人类学者解救出来，还他原人文学的本来地位。中国现在有相信鬼神托梦魂魄入梦的人，有求梦占梦的人，有说梦是妖妄的人，但没有人去从梦里寻出他情绪的或感觉的分子，若是"满愿的梦"则更求其隐秘的动机，为学术的探讨者；说及神话，非信受则排斥，其态度正是一样。我看许多反对神话的人虽然标榜科学，其实他的意思以为神话确有信受的可能，倘若不是竭力抗拒；这正如性意识很强的道学家之提倡戒色，实在是两极相遇了。真正科学家自己既不会轻信，也就不必专用攻击，只是平心静气的研究就得，所以怀疑与宽容是必要的精神，不然便是狂信者的态度，非耶者还是一种教徒，非孔者还是一种儒生，类例很多。即如近来反对太戈尔运动也是如此，他们自以为是科学思想与西方化，却缺少怀疑与宽容的精神，其实仍是东方式的攻击异端：倘若东方文化里有最大的毒害，这种专制的狂信必是其一了。不意话又说远了，与济南已经毫无关系，就此搁笔，至于神话问题说来也嫌唠叨，改日面谈罢。

六月十日，在北京写

郊　外

怀光君：

　　燕大开学已有月余，我每星期须出城两天，海淀这一条路已经有点走熟了。假定上午八时出门，行程如下，即十五分高亮桥，五分慈献寺，十分白祥庵南村，十分叶赫那拉氏坟，五分黄庄，十五分海淀北篓斗桥到。今年北京的秋天特别好，在郊外的秋色更是好看，我在寒风中坐洋车上远望鼻烟色的西山，近看树林后的古庙以及沿途一带微黄的草木，不觉过了二三十分的时光。最可喜的是大柳树南村与白祥庵南村之间的一段S字形的马路，望去真与图画相似，总是看不厌。不过这只是说那空旷没有人的地方，若是市街，例如西直门外或海淀镇，那是很不愉快的，其中以海淀为尤甚，道路破坏污秽，两旁沟内满是垃圾及居民所倾倒出来的煤球灰，全是一副没人管理的地方的景象。街上三三五五遇见灰色的人们，学校或商店的门口常贴着一条红纸，写着什么团营连等字样。这种情形以我初出城时为最甚，现在似乎少好一点了，但是还未全去。我每经过总感得一种不愉快，觉得这是占领地的样子，不像是在自己的本国走路；我没有亲见过，但常常冥想欧战时的比利时等处或者是这个景象，或者也还要好一点。海淀的莲花白酒是颇有名的，我曾经买过一瓶，价贵（或者是欺侮城里人也未可知）而味仍不甚佳，我不喜欢喝他。我总觉得勃阑地最好，但是近来有什么机制酒税，价钱大涨，很有点买不起了。城外路上还有一件讨厌的东西，便是那纸烟的大招牌。我并不一定反对吸纸烟，就是竖招牌也未始不可，只要弄得好看，至少也要不丑陋，而那些招牌偏偏都是丑陋的。就是题名也多是粗恶，如古磨坊（Old Mill）何以要译作"红屋"，至于胜利女神（Victory），大抵人多知道她就是尼开（Nikē），却叫作"大仙女"，可谓苦心孤诣了。我联想起中国电影译名之离奇，感到中国民众的知识与趣味实在还下劣得很——把这样粗恶的招牌立在占领地似的地方，倒也是极适合的罢。

十五年十月三十日，于沟沿

谈养鸟

李笠翁著《闲情偶寄》颐养部行乐第一，"随时即景就事行乐之法"下有看花听鸟一款云：

"花鸟二物，造物生之以媚人者也。既产娇花嫩蕊以代美人，又病其不能解语，复生群鸟以佐之，此段心机竟与购觅红妆，习成歌舞，饮之食之，教之诲之以媚人者，同一周旋之至也。而世人不知，目为蠢然一物，常有奇花过目而莫之睹，鸣禽阅耳而莫之闻者，至其捐资所买之侍妾，色不及花之万一，声仅窃鸟之绪余，然而睹貌即惊，闻歌辄喜，为其貌似花而声似鸟也。噫，贵似贱真，与叶公之好龙何异。予则不然。每值花柳争妍之日，飞鸣斗巧之时，必致谢洪钧，归功造物，无饮不奠，有食必陈，若善士信妪之佞佛者，夜则后花而眠，朝则先鸟而起，惟恐一声一色之偶遗也。及至莺老花残，辄怏怏如有所失，是我之一生可谓不负花鸟，而花鸟得予亦所称一人知己死可无恨者乎。"又郑板桥著《十六通家书》中，《潍县署中与舍弟墨第二书》末有"书后又一纸"云：

"所云不得笼中养鸟，而予又未尝不爱鸟，但养之有道耳。欲养鸟莫如多种树，使绕屋数百株，扶疏茂密，为鸟国鸟家，将旦时睡梦初醒，尚辗转在被，听一片啁啾，如云门咸池之奏，及披衣而起，颒面漱口啜茗，见其扬翚振彩，倏往倏来，目不暇给，固非一笼一羽之乐而已。大率平生乐处欲以天地为囿，江汉为池，各适其天，斯为大快，比之盆鱼笼鸟，其钜细仁忍何如也。"李郑二君都是清代前半的明达人，很有独得的见解，此二文也写得好。笠翁多用对句八股调，文未免甜熟，却颇能畅达，又间出新意奇语，人不能及，板桥则更有才气，有时由透彻而近于夸张，但在这里二人所说关于养鸟的话总之都是不错的。近来看到一册笔记钞本，是乾隆时人秦书田所著的《曝背余谈》，卷上也有一则云：

"盆花池鱼笼鸟，君子观之不乐，以囚锁之象寓目也。然三者不可概论。鸟之性情惟在林木，樊笼之与林木有天渊之隔，其为狎狌固无疑矣，至花之生也以土，鱼之养也以水，江湖之水水也，池中之水亦水也，园圃之上土也，盆中之上亦土也，不过如人生同此居第少有广狭之殊耳，似不为大拂其性。去笼鸟而存池鱼盆花，愿与体物之君子细商之。"三人中实在要算这篇说得顶好了，朴实而合于情理，可以说是儒家的一种好境界，我所佩服的《梵网戒疏》里贤首所说"鸟身自为主"乃是佛教的，其彻底不彻底处正各有他的特色，未可轻易加以高下。抄本在此条下却有朱批云：

"此条格物尚未切到，盆水蓄鱼，不繁易涤，亦大拂其性。且玩物丧志，君子不必待商也。"下署名曰于文叔。查《余谈》又有论种菊一则云：

"李笠翁论花，于莲菊微有轩轾，以艺菊必百倍人力而始肥大也。余谓凡花皆可借以人力，而菊之一种止宜任其天然。盖菊，花之隐逸者也，隐逸之侣正以萧疏清癯为真，若以肥大为美，则是李勣之择将，非左思之招隐矣，岂非失菊之性也乎。东篱主人，殆难属其人哉，殆难属其人哉。"其下有于文叔的朱批云：

"李笠翁金圣叹何足称引，以昔人代之可也。"于君不赞成盆鱼不为无见，惟其他思想颇谬，一笔抹杀笠翁圣叹，完全露出正统派的面目，至于随手抓住一句玩物丧志的咒语便来胡乱吓唬人，尤为不成气候，他的态度与《余谈》的作者正立于相反的地位，无怪其总是格格不入也，秦书田并不闻名，其意见却多很高明，论菊花不附和笠翁固佳，论鱼鸟我也都同意。十五年前我在西山养病时写过几篇《山中杂信》，第四信中有一节云：

"游客中偶然有提着鸟笼的，我看了最不喜欢。我平常有一种偏见，以为做不必要的恶事的人比为生活所迫不得已而作恶者更为可恶，所以我憎恶蓄妾的男子，比那卖女为妾——因贫穷而吃人肉的父母，要加几倍。对于提鸟笼的人的反感也是出于同一的渊源。如要吃肉，便吃罢了（其实飞鸟的肉于养生上也并非必要）。如要赏玩，在他自由飞鸣的时候可以尽量的看或听，何必关在笼里，擎着走呢？我以为这同喜欢缠足一样的是痛苦的赏鉴，是一种变态的残忍的心理。"（十年七月十四日信）那时候的确还年青一点，所以说的少有火气，比起上边所引的诸公来实在惭愧差得太远，但是根本上的态度总还是相近的。我不反对"玩物"，只要不大违反情理。至于"丧志"的问题我现在不想谈，因为我干脆不懂得这两个字是怎么讲，须得先来确定他的界说才行，而我此刻却又没有工夫去查十三经注疏也。

廿五年十月十一日

卖　糖

崔晓林著《念堂诗话》卷二中有一则云：

"《日知录》谓古卖糖者吹箫，今鸣金。予考徐青长诗，敲锣卖夜糖，是明则卖饧鸣金之明证也。"案此五字见《徐文长集》卷四，所云青长当是青藤或文长之误。原诗题曰《昙阳》，凡十首，其五云：

"何事移天竺，居然在太仓。善哉听白佛，梦已熟黄粱。托钵求朝饭，敲锣卖夜糖。"所咏当系王锡爵女事，但语颇有费解处，不佞亦只能取其末句，作为夜糖之一佐证而已，查范啸风著《越谚》卷中饮食类中，不见夜糖一语，即梨膏糖亦无，不禁大为失望。绍兴如无夜糖，不知小人们当更如何寂寞，盖此与炙糕二者实是儿童的恩物，无论野孩子与大家子弟都是不可缺少者也。夜糖的名义不可解，其实只是圆形的硬糖，平常亦称圆眼糖，因形似龙眼故，亦有尖角者，则称粽子糖，共有红白黄三色，每粒价一钱，若至大路口糖色店去买，每十粒只七八文即可，但此是三十年前价目，现今想必已大有更变了。梨膏糖每块须四文，寻常小孩多不敢问津，此外还有一钱可买者有茄脯与梅饼：以砂糖煮茄子，略晾干，原以斤两计，卖糖人切为适当的长条，而不能无大小，小儿多较量择取之，是为茄脯。梅饼者，黄梅与甘草同煮，连核捣烂，范为饼如新铸一分铜币大，吮食之别有风味，可与青盐梅竞爽也。卖糖者大率用担，但非是肩挑，实只一筐，俗名桥篮，上列木匣，分格盛糖，盖以玻璃，有木架交叉如交椅，置篮其上，以待顾客，行则叠架夹胁下，左臂操筐，俗语曰桥。虚左手持一小锣，右手执木片如笏状，击之声镗镗然，此即卖糖之信号也，小儿闻之惊心动魄，殆不下于货郎之惊闺与唤娇娘焉。此锣却又与他锣不同，直径不及一尺，窄边，不系索，系时以一指抵边之内缘，与铜锣之提索及用锣槌者迥异，民间称之曰镗锣，第一字读如国音饧去声，盖形容其声如此。虽然亦是金属无疑，但小说上常见鸣金收军，则与此又截不相像，顾亭林云卖饧者今鸣金，原不能说错，若云笼统殆不能免，此则由于用古文之故，或者也不好单与顾君为难耳。

卖糕者多在下午，竹笼中生火，上置熬盘，红糖和米粉为糕，切片炙之，每片一文，亦有麻糍，大呼曰麻松荷炙糕。荷者语助词，如萧老公之荷荷，惟越语更带喉音，为他处所无。早上别有卖印糕者，糕上有红色吉利语，此外如蔡糖糕、茯苓糕、桂花年糕等亦具备，呼声则仅云卖糕荷，其用处似在供大人们做早点心吃，与炙糕之为小孩食品者又异。此种糕点来北京后便不能遇见，盖南方重米食，糕类以米粉为之，北方则几乎无一不面，情形自大不相同也。

小时候吃的东西，味道不必甚佳，过后思量每多佳趣，往往不能忘记。不佞之记得糖与糕，亦正由此耳。昔年读日本原公道著《先哲丛谈》，卷二有讲朱舜水的几节，其一云：

"舜水归化历年所，能和语，然及其病革也，遂复乡语，则侍人不能了解。"（原本汉文）不佞读之怆然有感。舜水所语盖是余姚话也，不佞虽是隔县当能了知，其意亦惟不佞可解。余姚亦当有夜糖与炙糕，惜舜水不曾说及，岂以说了也无人懂之故欤。但是我又记起《陶庵梦忆》来，其中亦不谈及，则更可惜矣。

廿七年二月廿五日，漫记于北平知堂

附　记

《越谚》不记糖色，而糕类则少有叙述，如印糕下注云："米粉为方形，上印彩粉文字，配馒头送喜寿礼。"又麻糍下云："糯粉，馅乌豆沙，如饼，炙食，担卖，多吃能杀人。"末五字近于赘，盖昔曾有人赌吃麻糍，因以致死，范君遂书之以为戒，其实本不限于麻糍一物，即鸡骨头糕干如多吃亦有害也。看一地方的生活特色，食品很是重要，不但是日常饭粥，即点心以至闲食，亦均有意义，只可惜少有人注意，本乡文人以为琐屑不足道，外路人又多轻饮食而着眼于男女，往往闹出《闲话扬州》似的事件，其实男女之事大同小异，不值得那么用心，倒还不如各种吃食尽有滋味，大可谈谈也。

廿八日又记

雨的感想

今年夏秋之间北京的雨下得不大多，虽然在田地里并不旱干，城市中也不怎么苦雨，这是很好的事。北京一年间的雨量本来颇少，可是下得很有点特别，他把全年份的三分之二强在六七八月中间落了，而七月的雨又几乎要占这三个月份总数的一半。照这个情形说来，夏秋的苦雨是很难免的。在民国十三年和二十七年，院子里的雨水上了阶沿，进到西书房里去，证实了我的苦雨斋的名称，这都是在七月中下旬，那种雨势与雨声想起来也还是很讨嫌，因此对于北京的雨我没有什么好感，像今年的雨量不多，虽是小事，但在我看来自然是很可感谢的了。

不过讲到雨，也不是可以一口抹杀，以为一定是可嫌恶的。这须得分别言之，与其说时令，还不如说要看地方而定。在有些地方，雨并不可嫌恶，即使不必说是可喜。囫囵的说一句南方，恐怕不能得要领，我想不如具体的说明，在到处有河流，满街是石板路的地方，雨是不觉得讨厌的，那里即使会涨大水，成水灾，也总不至于使人有苦雨之感。我的故乡在浙东的绍兴，便是这样的一个好例。在城里，每条路差不多有一条小河平行着，其结果是街道上桥很多，交通利用大小船只，民间饮食洗濯依赖河水，大家才有自用井，蓄雨水为饮料。河岸大抵高四五尺，下雨虽多尽可容纳，只有上游水发，而闸门淤塞，下流不通，成为水灾，但也是田野乡村多受其害，城里河水是不至于上岸的。因此住在城里的人遇见长雨，也总不必耽心水会灌进屋子里来，因为雨水都流入河里，河固然不会得满，而水能一直流去，不至停住在院子或街上者，则又全是石板路的关系。我们不曾听说有下水沟渠的名称，但是石板路的构造仿佛是包含有下水计划在内的，大概石板底下都用石条架着，无论多少雨水全由石缝流下，一总到河里去。人家里边的通路以及院子即所谓明堂也无不是石板，室内才用大方砖砌地，俗名曰地平。在老家里有一个长方的院子，承受南北两面楼房的雨水，即使下到四十八小时以上，也不见他停留一寸半寸的水，现在想起来觉得很是特别。秋季长雨的时候，睡在一间小楼上或是书房内，整夜的听雨声不绝，固然是一种喧嚣，却也可以说是一种肃寂，或者感觉好玩也无不可，总之不会得使人忧虑的。吾家濂溪先生有一首《夜雨书窗》的诗云：

"秋风扫暑尽，半夜雨淋漓。

绕屋是芭蕉，一枕万响围。

恰似钓鱼船，篷底睡觉时。"

这诗里所写的不是浙东的事，但是情景大抵近似，总之说是南方的夜雨是可以的吧。在这里便很有一种情趣，觉得在书室听雨如睡钓鱼船中，倒是很好玩似的。不雨无论久暂，道路不会泥泞，院落不会积水，用不着什么忧虑，所有的惟一的忧虑只是怕漏。大雨急雨从瓦缝中倒灌而入，长雨则瓦都湿透了，可以浸润缘入，若屋顶破损，更不必说，所以雨中搬动面盆水桶，罗列满地，承接屋漏，是常见的事。民间故事说不怕老虎只怕漏，生出偷儿和老虎猴子的纠纷来，日本也有虎狼古屋漏的传说，可见此怕漏的心理分布得很是广远也。

下雨与交通不便本是很相关的，但在上边所说的地方也并不一定如此。一般交通既然多用船只，下雨时照样的可以行驶，不过篷窗不能推开，坐船的人看不到山水村庄的景色，或者未免气闷，但是闭窗坐听急雨打篷，如周濂溪所说，也未始不是有趣味的事。再是舟子，他无论遇见如何的雨和雪，总只是一蓑一笠，站在后艄摇他的橹，这不要说什么诗味画趣，却是看去总毫不难看，只觉得辛劳质朴，没有车夫的那种拖泥带水之感。还有一层，雨中水行同平常一样的平稳，不会像陆行的多危险，因为河水固然一时不能骤增，即使增涨了，如俗语所云，水涨船高，别无什么害处，其惟一可能的影响乃是桥门低了，大船难以通行，若是一人两桨的小船，还是往来自如。水行的危险盖在于遇风，春夏间往往于晴明的午后陡起风暴，中小船只在河港阔大处，又值舟子缺少经验，易于失事，若是雨则一点都不要紧也。坐船以外的交通方法还有步行。雨中步行，在一般人想来总很是困难的罢，至少也不大愉快。在铺着石板路的地方，这情形略有不同。因为是石板路的缘故，既不积水，亦不泥泞，行路困难已经几乎没有，余下的事只需防湿便好，这有雨具就可济事了。从前的人出门必带钉鞋雨伞，即是为此，只要有了雨具，又有脚力，在雨中要走多少里都可随意，反正地面都是石板，城坊无须说了，就是乡村间其通行大道至少有一块石板宽的路可走，除非走入小路岔道，并没有泥泞难行的地方。本来防湿的方法最好是不怕湿，赤脚穿草鞋，无往不便利平安，可是上策总难实行，常人还只好穿上钉鞋，撑了雨伞，然后安心的走到雨中去。我有过好多回这样的在大雨中间行走，到大街里去买吃食的东西，往返就要花两小时的工夫，一点都不觉得有什么困难。最讨厌的还是夏天的阵雨，出去时大雨如注，石板上一片流水，很高的钉鞋齿踏在上边，有如低板桥一般，倒也颇有意思，可是不久云收雨散，石板上的水经太阳一晒，随即干涸，我们走回来时把钉鞋踹在石板路上嘎啷嘎啷的响，自己也觉得怪寒伧的，街头的野孩子见了又要起哄，说是旱地乌龟来了。这是夏日雨后出门的人常有的经验，或者可以说是关于钉鞋雨伞的一件顶不愉快的事情吧。

　　以上是我对于雨的感想，因了今年北京夏天不下大雨而引起来的。但是我所说的地方的情形也还是民国初年的事，现今一定很有变更，至少路上石板未必保存得住，大抵已改成蹩脚的马路了罢。那么雨中步行的事便有点不行了，假如河中还可以行船，屋下水沟没有闭塞，在篷底窗下可以平安的听雨，那就已经是很可喜幸的了。

　　　　　　　　　　民国甲申，八月处暑节

风的话

北京多风，则常想写一篇小文章讲讲它。但是一拿起笔，第一想到的便是大块噫气这些话，不觉索然兴尽，又只好将笔搁下。近日北京大刮其风，不但三日两头的刮，而且一刮往往三天不停，看看妙峰山的香市将到了，照例这半个月里是不大有什么好天气的，恐怕书桌上沙泥粒屑，一天里非得擦几回不可的日子还要暂时继续，对于风不能毫无感觉，不管是好是坏，决意写了下来。说风的感想，重要的还是在南方，特别是小时候在绍兴所经历的为本，虽然觉得风颇有点可畏，却并没有什么可以嫌恶的地方。绍兴是水乡，到处是河港，交通全用船，道路铺的是石板，在二三十年前还是没有马路。因为这个缘故，绍兴的风也就有他的特色。这假如说是地理的，此外也有一点天文的关系。绍兴在夏秋之间时常有一种龙风，这是在北京所没有见过的。时间大抵在午后，往往是很好的天气，忽然一朵乌云上来，霎时天色昏黑，风暴大作，在城里说不上飞沙走石，总之是竹木摧折，屋瓦整叠的揭去，哗啦啦的掉在地下，所谓把井吹出篱笆外的事情也不是没有。若是在外江内河，正坐在船里的人，那自然是危险了，不过撑蜑船的老大们大概多是有经验的，他们懂得占候，会看风色，能够预先防备，受害或者不很大。龙风本不是年年常有，就是发生也只是短时间，不久即过去了，记得老子说过："飘风不终朝，骤雨不终日，孰为此者天地，天地尚不能久，而况于人乎。"这话说得很好，此本是自然的纪律，虽然应用于人类的道德也是适合。下龙风一二等的大风却是随时多有，大中船不成问题，在小船也还不免危险。我说小船，这是指所谓踏桨船，从前在《乌篷船》那篇小文中有云：

"小船则真是一叶扁舟，你坐在船底席上，篷顶离你的头有两三寸，你的两手可以搁在左右的舷上，还把手都露出在外边。在这种船里仿佛是在水面上坐，靠近田岸去时泥土便和你的眼鼻接近，而且遇着风浪，或是坐得少不小心，就会船底朝天，发生危险，但是也颇有趣味，是水乡的一种特色。"陈昼卿《海角行吟》中有诗题曰《脚桨船》，小注云："船长丈许，广三尺，坐卧容一身，一人坐船尾，以足踏桨行如飞，向惟越人用以押潮渡江，今江淮人并用之以代急足。"这里说明船的大小，可以作为补足，但还得添一句，即舟人用一桨一楫，无舵，以楫代之。船的容量虽小，但其危险却并不在这小的一点上，因为还有一种划划船，更窄而浅，没有船篷，不怕遇风倾覆，所以这小船的危险乃是因有篷而船身较高之故。在庚子的前一年，我往东浦去吊先君的保姆之丧，坐小船过大树港，适值大风，望见水面波浪如白鹅乱窜，船在浪上颠簸起落，如走游木，舟人竭力支撑，驶入汉港，始得平定，据说如再颠一刻，不倾没也将破散了。这种事情是常会有的，约十年后我的大姑母来家拜忌日，午后回吴融村去，小船遇风浪倾覆，遂以溺死。我想越人古来断发文身，入水与蛟龙斗，干惯了这些事，活在水上，死在水里，本来是觉悟的，俗语所谓瓦罐不离井上破，是也。我们这班人有的是中途从别处迁移去的，有的虽是土著，经过二千余年的岁月，未必能多少保存长颈乌喙的气象，可是在这地域内住了好久，如范少伯所说，鼋鼍鱼鳖之与处而蛙黾之与同陼，自然也就与水相习，养成了这一种态度。辛丑以后我在江南水师学堂做学生，前后六年不曾学过游泳，本来在鱼雷学堂的旁边有一个池，因为有两个年幼的学生不慎淹死在里边，学堂总办就把池填平了，等我进校的时候那地方已经改造了三间关帝庙，住着一个老更夫，据说是打长毛立过功的都司。我年假回乡时遇见人问，你在水师当然是会游水吧。我答说，不。为什么呢？因为我们只是在船上时有用，若是落了水就不行了，还用得着游泳么。这回答一半是滑稽，一半是实话，没有这个觉悟怎么能去坐那小船呢。

上边我说在家乡就只怕坐小船遇风，可是如今又似乎翻船并不在乎，那么这风也不怎么可畏了。其实这并不尽然。风总还是可怕的，不过水乡的人既要以船为车，就不大顾得淹死与否，所以看得不严重罢了。除此以外，风在绍兴就不见得有什么讨人嫌的地方，因为它并不扬尘，街上以至门内院子里都是石板，刮上一天风也吹不起尘土来，白天只听得邻家的淡竹林的摩戞声，夜里北面楼窗的板门格答格答的作响，表示风的力量，小时候熟习的记忆现在回想起来，倒还觉得有点有趣。后来离开家乡，在东京随后在北京居住，才感觉对于风的不喜欢。本乡三处的住宅都有板廊，夏天总是那么沙泥粒屑，便是给风刮来的，赤脚踏上去觉得很不愉快，桌子上也是如此，伸纸摊书之前非得用手摸一下不可，这种经验在北京还是继续着，所以成了习惯，就是在不刮风的日子也会这样做，北京还有那种蒙古风，仿佛与南边的所谓落黄沙相似，刮得满地满屋的黄土，这土又是特别的细，不但无孔不入，便是用本地高丽纸糊好的门窗格子也挡不住，似乎能够从那帘纹的地方穿透过去。平常大风的时候，空中呼呼有声，古人云，春风狂似虎，或者也把风声说在内，听了觉得不很愉快。古诗有云，白杨多悲风，萧萧愁杀人。这萧萧的声音我却是欢喜，在北京所听的风声中要算是最好的。在前院的绿门外边，西边种了一棵柏树，东边种了一棵白杨，或者严格的说是青杨，如今十足过了廿五个年头，柏树才只拱把，白杨却已长得合抱了。前者是常青树，冬天看了也好看，后者每年落叶，到得春季长出成千万的碧绿大叶，整天的在摇动着，书本上说它无风自摇，其实也有微风，不过别的树叶子尚未吹动，白杨叶柄特别细，所以就颤动起来了。戊寅以前老友饼斋常来寒斋夜谈，听见墙外瑟瑟之声，辄惊问曰，下雨了吧，但不等回答，立即省悟，又为白杨所骗了。戊寅初饼斋下世，以后不复有深夜谈天的事，但白杨的风声还是照旧可听，从窗里望见一大片的绿叶也觉得很好看。关于风的话现在可说的就只是这一点，大概风如不和水在一起这固无可畏，却也就没有什么意思了。

阴历三月末日

草木虫鱼

小　引

明李日华著《紫桃轩杂缀》卷一云，白石生辟谷嘿坐，人问之不答，固问之，乃云："世间无一可食，亦无一可言。"这是仙人的话，在我们凡人看来不免有点过激，但大概却是不错的，尤其是关于那第二点。在写文章的时候，我常感到两种困难，其一是说什么，其二是怎么说。据胡适之先生的意思这似乎容易解决，因为只要"要说什么就说什么"和"话怎么说就怎么说"便好了，可是在我这就是大难事。有些事情固然我本不要说，然而也有些是想说的，而现在实在无从说起。不必说到政治大事上去，即使偶然谈谈儿童或妇女身上的事情，也难保不被看出反动的痕迹，其次是落伍的证据来，得到古人所谓笔祸。这个内容问题已经够烦难了，而表现问题也并不比它更为简易。我平常很怀疑心里的"情"是否可以用了"言"全表了出来，更不相信随随便便地就表得出来。什么嗟叹啦，永歌啦，手舞足蹈啦的把戏，多少可以发表自己的情意，但是到了成为艺术再给人家去看的时候，恐怕就要发生了好些的变动与间隔，所留存的也就是很微末了。死生之悲哀，爱恋之喜悦，人生最深切的悲欢甘苦，绝对的不能以言语形容，更无论文字，至少在我是这样感想，世间或有天才自然也可以有例外，那么我们凡人所可以文字表现者只是某一种情意，固然不很粗浅但也不很深切的部分，换句话来说，实在是可有可无不关紧急的东西，表现出来聊以自宽慰消遣罢了。从前在上海某月刊上见过一条消息，说某人要提倡文学无用论了，后来不曾留心不知道这主张发表了没有，有无什么影响，但是我个人却的确是相信文学无用论的。我觉得文学好像是一个香炉，他的两旁边还有一对蜡烛台，左派和右派。无论那一边是左是右，都没有什么关系，这总之有两位，即是禅宗与密宗，假如容我借用佛教的两个名称。文学无用，而这左右两位是有用有能力的。禅宗的作法的人不立文字，知道它的无用，却寻别的途径。辟历似的大喝一声，或一棍打去，或一句干矢橛，直截的使人家豁然开悟，这在对方固然也需要相当的感受性，不能轻易发生效力，但这办法的精义实在是极对的，差不多可以说是最高理想的艺术，不过在事实上艺术还着实有志未逮，或者只是音乐有点这样的意味，缠缚在文字语言里的文学虽然拿出什么象征等物事来在那里挣扎，也总还追随不上。密宗派的人单是结印念咒，揭谛揭谛波罗揭谛几句话，看去毫无意义，实在含有极大力量，老太婆高唱阿弥陀佛，便可安心立命，觉得西方有分，绅士平日对于厨子呼来喝去，有朝一日自己做了光禄寺小官，却是顾盼自雄，原来都是这一类的事。即如古今来多少杀人如麻的钦案，问其罪名，只是大不敬或大逆不道等几个字儿，全是空空洞洞的，当年却有许多活人死人因此处了各种极刑，想起来很是冤枉，不过在当时，大约除本人外没有不以为都是应该的罢。名号——文字的威力大到如此，实在是可敬而且可畏了。文学呢，它是既不能令又不受命，它不能那么解脱，用了独一无二的表现法直截地发出来，却也不会这么刚勇，凭空抓了一个唵字塞住了人家的喉管，再回不过气来，结果是东说西说，写成了四万八千卷的书册，只供闲人的翻阅罢了。我对于文学如此不敬，曾称之曰不革命，今又说它无用，真是太不应当了，不过我的批评全是好意的，我想文学的要素是诚与达，然而诚有障害，达不容易，那么留下来的，试问还有些什么？老实说，禅的文学做不出，咒的文学不想做，普通的文学克复不下文字的纠缠的可做可不做，总结起来与"无一可言"这句话岂不很有同意么？话虽如此，文章还是可以写，想写，关键只在这一点，即知道了世间无一可言，自己更无做出真文学来之可能，随后随便找来一个题目，认真去写一篇文章，却也未始不可，到那时候或者简直说世间无一不可言，也很可以吧，只怕此事亦大难，还须得试试来看，不是一步就走得到的。我在此刻还觉得有许多事不想说，或是不好说，只可挑选一下再说，现在便姑且择定了草木虫鱼，为什么呢？第一，这是我所喜欢，第二，他们也是生物，与我们很有关系，但又到底是异类，由得我们说话。万一讲草木虫鱼还有不行的时候，那么这也不是没有办法，我们可以讲讲天气罢。

十九年旧中秋

一　金鱼

我觉得天下文章共有两种，一种是有题目的，一种是没有题目的。普通做文章大都先有意思，却没有一定的题目，等到意思写出了之后，再把全篇总结一下，将题目补上。这种文章里边似乎容易出些佳作，因为能够比较自由地发表，虽然后写题目是一件难事，有时竟比写本文还要难些。但也有时候，思想散乱不能集中，不知道写什么好，那么先定下一个题目，再做文章，也未始没有好处，不过这有点近于赋得，很有做出试帖诗来的危险罢了。偶然读英国密伦（A.A.Milne）的小品文集，有一处曾这样说，有时排字房来催稿，实在想不出什么东西来写，只好听天由命，翻开字典，随手抓到的就是题目。有一回抓到金鱼，结果果然有一篇金鱼收在集里。我想这倒是很有意思的事，也就来一下子，写一篇金鱼试试看，反正我也没有什么非说不可的大道理，要尽先发表，那么来做赋得的咏物诗也是无妨，虽然并没有排字房催稿的事情。

说到金鱼，我其实是很不喜欢金鱼的，在豢养的小动物里边，我所不喜欢的，依着不喜欢的程度，其名次是叭儿狗、金鱼、鹦鹉。鹦鹉身上穿着大红大绿、满口怪声，很有野蛮气。叭儿狗的身体固然太小，还比不上一只猫（小学教科书上却还在说，猫比狗小，狗比猫大！），而鼻子尤其耸得难过。我平常不大喜欢耸鼻子的人，虽然那是人为的，暂时的，把鼻子耸动，并没有永久的将它缩作一堆。人的脸上固然不可没有表情，但我想只要淡淡地表示就好，譬如微微一笑，或者在眼光中露出一种感情——自然，恋爱与死等可以算是例外，无妨有较强烈的表示，但也似乎不必那样掀起鼻子，露出牙齿，仿佛是要咬人的样子。这种嘴脸只好放到影戏里去，反正与我没有关系，因为二十年来我不曾看电影。然而金鱼恰好兼有叭儿狗与鹦鹉二者的特点，他只是不用长绳子牵了在贵夫人的裙边跑，所以减等发落，不然这第一名恐怕准定是它了。

我每见金鱼一团肥红的身体，突出两只眼睛，转动不灵的在水中游泳，总会联想到中国的新嫁娘，身穿红布袄裤，扎着裤腿，拐着一对小脚伶俜地走路。我知道自己有一种毛病，最怕看真的，或是类似的小脚。十年前曾写过一篇小文口"天足"，起头第一句云："我最喜欢看见女人的天足。"曾蒙友人某君所赏识，因为他也是反对"务必脚小"的人。我倒并不是怕做野蛮，现在的世界正如美国洛威教授的一本书名，谁都有"我们是文明么"的疑问，何况我们这道统国，剐呀割呀都是常事，无论个人怎么努力，这个野蛮的头衔休想去掉，实在凡是少有自知之明，不是夸大狂的人，恐怕也就不大有想去掉的这种野心与妄想。小脚女人所引起的另一种感想乃是残废，这是极不愉快的事，正如驼背或脖子上挂着一个大瘤，假如这是天然的，我们不能说是嫌恶，但总之至少不喜欢看总是确实的了。有谁会赏鉴驼背或大瘤呢？金鱼突出眼睛，便是这一类的现象。另外有叫作绯鲤的，大约是它的表兄弟罢，一样的穿着大红棉袄，只是不开衩，眼睛也是平平地装在脑袋瓜儿里边，并不比平常的鱼更为鼓出，因此可见金鱼的眼睛是一种残疾，无论碰在水草上时容易戳瞎乌珠，就是平常也一定近视的了不得，要吃馒头末屑也不大方便罢。照中国人喜欢小脚的常例推去，金鱼之爱可以说宜乎众矣，但在不佞实在是两者都不敢爱，我所爱的还只是平常的鱼而已。

想象有一个大池——池非大不可，须有活水，池底有种种水草才行，如从前碧云寺的那个石池，虽然老实说起来，人造的死海似的水洼都没有多大意思，就是三海也是俗气寒伧气，无论这是那一个大皇帝所造，因为皇帝压根儿就非俗恶粗暴不可，假如他有点儿懂得风趣，那就得亡国完事，至于那些俗恶的朋友也会亡国，那是另一回事。如今话又说回来，一个大池，里边如养着鱼，那最好是天空或水的颜色的，如鲫鱼，其次是鲤鱼。我这样的分等级，好像是以肉的味道为标准，其实不然。我想水里游泳着的鱼应当是暗黑色的才好，身体又不可太大，人家从水上看下去，窥探好久，才看见隐隐的一条在那里，有时或者简直就在你的鼻子前面，等一忽儿却又不见了，这比一件红彤彤的东西渐渐地近摆来，好像望那西湖里的广告船（据说是点着红灯笼，打着鼓），随后又渐渐地远开去，更为有趣得多。鲫鱼便具备这种资格，鲤鱼未免个儿太大一点，但他是要跳龙门去的，这又难怪他。此外有些白鲦，细长银白的身体，游来游去，仿佛是东南海边的泥鳅龙船，有时候不知为什么事出了惊，拨剌地翻身即逝，银光照眼，也能增加水界的活气。在这样地方，无论是金鱼，就是平眼的绯鲤，也是不适宜的。红袄裤的新嫁娘，如其脚是小的，那只好就请她在炕上爬或坐着，即使不然，也还是坐在房中，在油漆气芸香或花露水气中，比较的可以得到一种调和。所以金鱼的去处还是富贵人家的绣房，浸在五彩的磁缸中，或是玻璃的圆球里，去和叭儿狗与鹦鹉做伴侣罢了。

几个月没有写文章，天下的形势似乎已经大变了，有志要做新文学的人，非多讲某一套话不容易出色。我本来不是文人，这些时式的变迁，好歹于我无干，但以旁观者的地位看去，我倒是觉得可以赞成的。为什么呢？文学上永久有两种潮流，言志与载道。二者之中，则载道易而言志难。我写这篇赋得金鱼，原是有题目的文章，与帖括有点相近，盖已少言志而多载道欤。我虽未敢自附于新文学之末，但自己觉得颇有时新的意味，故附记于此，以志作风之转变云耳。

十九年三月十日

二　虱子

偶读罗素所著《结婚与道德》，第五章讲中古时代思想的地方，有这一节话：

"那时教会攻击洗浴的习惯，以为凡使肉体清洁可爱好者皆有发生罪恶之倾向。肮脏不洁是被赞美，于是圣贤的气味变成更为强烈了。圣保拉说，身体与衣服的洁净，就是灵魂的不净。虱子被称为神的明珠，爬满这些东西是一个圣人的必不可少的记号。"我记起我们东方文明的选手辜鸿铭先生来了，他曾经礼赞过不洁，说过相仿的话，虽然我不能知道他有没有把虱子包括在内，或者特别提出来过。但是，即是辜先生不曾有什么颂词，虱子在中国文化历史上的位置也并不低，不过这似乎只是名流的装饰，关于古圣先贤还没有文献上的证明罢了。晋朝的王猛的名誉，一半固然在于他的经济的事业，他的捉虱子这一件事恐怕至少也要居其一半，到了二十世纪之初，梁任公先生在横滨办《新民丛报》，那时有一位重要的撰述员，名叫扪虱谈虎客，可见这个还很时髦，无论他身上是否真有那晋朝的小动物。

洛威（R.H.Lowie）博士是旧金山大学的人类学教授，近著一本很有意思的通俗书《我们是文明么》，其中有好些可以供我们参考的地方。第十章讲衣服与时装，他说起十八世纪时妇人梳了很高的髻，有些矮的女子，她的下巴颏儿正在头顶到脚尖的中间。在下文又说道：

"宫里的女官坐车时只可跪在台板上，把头伸在窗外，她们跳着舞，总怕头碰了挂灯。重重扑粉厚厚衬垫的三角塔终于满生了虱子，很是不舒服，但西欧的时风并不就废止这种时装。结果发明了一种象牙钩钗，拿来搔痒，算是很漂亮的。"第二十一章讲卫生与医药，又说到"十八世纪的太太们头上成群的养着虱子"，又举例说明道：

"一三九三年，一法国著者教给他美丽的读者六个方法，治她们的丈夫的跳蚤，一五三九年出版的一本书列有奇效方，可以除灭跳蚤，虱子，虱卵，以及臭虫。"照这样看来，不但证明"西洋也有臭虫"，更可见贵夫人的青丝上也满生过虱子。在中国，这自然更要普遍了，褚人获编《坚瓠集》丙集卷三有一篇《须虱颂》，其文曰：

"王介甫王禹玉同侍朝，见虱自介甫襦领直缘其须，上顾而笑，介甫不知也。朝退，介甫问上笑之故，禹玉指以告，介甫命从者去之。禹玉曰，未可轻去，愿颂一言。介甫曰，何如？禹玉曰，屡游相须，曾经御览，未可杀也，或曰放焉。众大笑。"我们的荆公是不修边幅的，有一个半个小虫在胡须上爬，原算不得是什么奇事，但这却令我想起别一件轶事来，据说徽宗在五国城，写信给旧臣道："朕身上生虫，形如琵琶。"照常人的推想，皇帝不认识虱子，似乎在情理之中，而且这样传说，幽默与悲感混在一起，也颇有意思，但是参照上文，似乎有点不大妥帖了。宋神宗见了虱子是认得的，到了徽宗反而退步，如果属实，可谓不克绳其祖武了。《坚瓠集》中又有一条恒言，内分两节如下：

"张磊塘善清言，一日赴徐文贞公席，食鳎鱼蝗鱼。庖人误不置醋。张云，仓皇失措。文贞腰扪一虱，以齿毙之，血溅以上。张云，大率类此。文贞亦解颐。

"清客以齿毙虱有声，妓哂之。顷妓亦得虱，以添香置炉中而爆。客顾曰，熟了。妓曰，愈于生吃。"

这一条笔记是很重要的虱之文献，因为他在说明贵人清客妓女都有扪虱的韵致外，还告诉我们毙虱的方法。《我们是文明么》第二十一章中说：

"正如老鼠离开将沉的船，虱子也会离开将死的人，依照冰地的学说。所以一个没有虱子的爱斯基摩人是很不安的。这是多么愉快而且适意的事，两个好友互捉头上的虱以为消遣，而且随复庄重地将他们送到所有者的嘴里去。在野蛮世界，这种交互的服务实在是很有趣的游戏。黑龙江边的民族不知道有别的更好的方法，可以表示夫妇的爱情与朋友的交谊。在亚尔泰山及南西伯利亚的突厥人也同样的爱好这个玩艺儿。他们的皮衣里满生着虱子，那妙手的土人便永远在那里搜查这些生物，捉到了的时候，哂一哂嘴儿把它们都吃下去。拉得洛夫博士亲自计算过，他的向导在一分钟内捉到八九十匹。在原始民间故事里多讲到这个普遍而且有益的习俗，原是无怪的。"由此可见普通一般毙虱法都是同徐文贞公一样，就是所谓"生吃"的，只可惜"有礼节的欧洲人是否吞咽他们的寄生物查不出证据"，但是我想这总也可以假定是如此罢，因为世上恐怕不会有比这个更好的方法，不过史有阙文，洛威博士不敢轻易断定罢了。

但世间万事都有例外，这里自然也不能免。佛教反对杀生，杀人是四重罪之一，犯者波罗夷不共住，就是杀畜生也犯波逸提罪，他们还注意到水中土中几乎看不出的小虫，那么对于虱子自然也不肯忽略过去。《四分律》卷五十房舍键度法中云：

"于多人住处拾虱弃地，佛言不应尔。彼上座老病比丘数数起弃虱，疲极，佛言听以器，若毳，若劫贝，若敝物，若绵，拾着中。若虱走出，应作筒盛。彼用宝作筒，佛言不应用宝作筒，听用角牙，若骨，若铁，若

155

铜，若铅锡，若竿蔗草，若竹，若苇，若木，作筒，虱若出，应作盖塞。彼宝作塞，佛言不应用宝作塞，应用牙骨乃至木作，无安处，应以缕系着床脚里。"小林一茶（一七六三——一八二七）是日本近代的诗人，又是佛教徒，对于动物同圣芳济一样，几乎有兄弟之爱，他的咏虱的诗句据我所见就有好几句，其中有这样一首，曾译录在《雨天的书》中，其词曰：

"捉到一个虱子，将他搯死固然可怜，要把他舍在门外，让他绝食，也觉得不忍；忽然想到我佛从前给予鬼子母的东西，成此。

"虱子啊，放在和我味道一样的石榴上爬着。"

这样的待遇在一茶可谓仁至义尽，但虱子恐怕有点觉得不合式，因为像和尚那么吃净素他是不见得很喜欢的。但是，在许多虱的本事之中，这些算是最有风趣了。佛教虽然也重圣贫，一面也还讲究——这称作清洁未必妥当，或者总叫作"威仪"罢，因此有些法则很是细密有趣，关于虱的处分即其一例，至于一茶则更是浪漫化了一点罢了。中国扪虱的名士无论如何不能到这个境界，也决做不出像一茶那样的许多诗句来，例如——

"喊，虱子呵，爬罢爬罢，向着春天的去向。"

实在译不好，就此打住罢——今天是清明节，野哭之声犹在于耳，回家写这小文，聊以消遣，觉得这倒是颇有意义的事。

民国十九年四月五日，于北平

附　记

友人指示，周密《齐东野语》中有材料可取，于卷十六查得嚼虱一则，今补录于下：

"余负日茅檐，分渔樵半席，时见山翁野媪扪身得虱，则致之口中，若将甘心焉，意甚恶之。然揆之于古，亦有说焉。应侯谓秦王曰，得宛临，流阳夏，断河内，临东阳，邯郸犹口中虱。王莽校尉韩威曰，以新室之威而吞胡虏，无异口中蚤虱。陈思王著论亦曰，得虱者莫不劗之齿牙，为害身也。三人皆与时贵人，其言乃尔，则野老嚼虱亦自有典故，可发一笑。"

我尝推究嚼虱的原因，觉得并不由于"若将甘心"的意思，其实只因虱子肥白可口，臭虫固然气味不佳，蚤又太小一点了，而且放在嘴里跳来跳去，似乎不大容易咬着。今见韩校尉的话，仿佛基督同时的中国人曾两者兼嚼，到得后来才人心不古，取大而舍小，不过我想这个证据未必怎么可靠，恐怕这单是文字上的支配，那么跳蚤原来也是一时的陪绑罢了。

四月十三日又记

三　两株树

　　我对于植物比动物还要喜欢，原因是因为我懒，不高兴为了区区视听之娱一日三餐地去饲养照顾，而且我也有点相信"鸟身自为主"的迂论，觉得把它们活物拿来做囚徒当奚奴，不是什么愉快的事，若是草木便没有这些麻烦，让它们直站在那里便好，不但并不感到不自由，并且还真是生了根地不肯再动一动哩。但是要看树木花草也不必一定种在自己的家里，关起门来独赏，让它们在野外路旁，或是在人家粉墙之内也并不妨，只要我偶然经过时能够看见两三眼，也就觉得欣然，很是满足的了。

树木里边我所喜欢的第一种是白杨。小时候读《古诗十九首》，读过"白杨何萧萧，松柏夹广路"之句，但在南方终未见过白杨，后来在北京才初次看见。谢在杭著《五杂组》中云：

"古人墓树多植梧楸，南人多种松柏，北人多种白杨。白杨即青杨也，其树皮白如梧桐，叶似冬青，微风击之辄淅沥有声，故古诗云，白杨多悲风，萧萧愁杀人。予一日宿邹县驿馆中，甫就枕即闻雨声，竟夕不绝，侍儿曰，雨矣。予讶之曰，岂有竟夜雨而无檐溜者？质明视之，乃青杨树也。南方绝无此树。"

《本草纲目》卷三五下引陈藏器曰："白杨北上极多，人种墟墓间，树大皮白，其无风自动者乃杨枌，非白杨也。"又寇宗奭云："风才至，叶如大雨声，谓无风自动则无此事，但风微时其叶孤极处则往往独摇，以其蒂长叶重大，势使然也。"王象晋《群芳谱》则云杨有二种，一白杨，一青杨，白杨蒂长两两相对，遇风则簌簌有声，人多植之坟墓间，由此可知白杨与青杨本自有别，但"无风自动"一节却是相同。在史书中关于白杨有这样的两件故事：

《南史·萧惠开传》："惠开为少府，不得志，寺内斋前花草甚美，悉铲除，别植白杨。"

《唐书·契苾何力传》："龙翔中司稼少卿梁脩仁新作大明宫，植白杨于庭，示何力曰，此木易成，不数年可芘。何力不答，但诵白杨多悲风萧萧愁杀人之句，脩仁惊悟，更植以桐。"

这样看来，似乎大家对于白杨都没有什么好感。为什么呢？这个理由我不大说得清楚，或者因为它老是簌簌的动的缘故罢。听说苏格兰地方有一种传说，耶稣受难时所用的十字架是用白杨木做的，所以白杨自此以后就永远在发抖，大约是知道自己的罪孽深重。但是做钉的铁却似乎不曾因此有什么罪，黑铁这件东西在法术上还总有点位置的，不知何以这样地有幸有不幸（但吾乡结婚时忌见铁，凡门窗上铰链等悉用红纸糊盖，又似别有缘故）。我承认白杨种在墟墓间的确很好看，然而种在斋前又何尝不好，它那瑟瑟的响声第一有意思。我在前面的院子里种了一棵，每逢夏秋有客来斋夜话的时候，忽闻淅沥声，多疑是雨下，推户出视，这是别种树所没有的佳处。梁少卿怕白杨的萧萧改种梧桐。其实梧桐也何尝一定吉祥，假如要讲迷信的话，吾乡有一句俗谚云，"梧桐大如斗，主人搬家走"，所以就是别庄花园里也很少种梧桐的。这实在是一件很可惜的事，梧桐的枝干和叶子真好看，且不提那一叶落知天下秋的兴趣了。在我们的后院里却有一棵，不知已经有若干年了，我至今看了它十多年，树干还远不到五合的粗，看它大有黄杨木的神气，虽不厄闰也总长得十分缓慢呢——因此我想到避忌梧桐大约只是南方的事，在北方或者并没有这句俗谚，在这里梧桐想要如斗大恐怕不是容易的事罢。

第二种树乃是乌桕，这正与白杨相反，似乎只生长于东南，北方很少见。陆龟蒙诗云，"行歇每依鸦舅影"，陆游诗云，"乌桕赤于枫，园林二月中"，又云，"乌桕新添落叶红"，都是江浙乡村的景象。《齐民要术》卷十列"五谷果蓏菜茹非中国物产者"，下注云："聊以存其名目，记其怪异耳，爰及山泽草木任食非人力所种者，悉附于此。"其中有乌臼一项，引《玄中记》云："荆阳有乌臼，其实如鸡头，迮之如胡麻子，其汁味如猪脂。"《群芳谱》言，"江浙之人，凡高山大道溪边宅畔无不种"，此外则江西安徽盖亦多有之。关于它的名字，李时珍说："乌喜食其子，因以名之。……或曰，其木老则根下黑烂成臼，故得此名。"我想这或曰恐太迂曲，此树又名鸦舅，或者与乌不无关系，乡间冬天卖野味有柏子鸟（读如呆鸟字），是道墟地方名物，此物殆是乌类乎，但是其味颇佳，平常所谓乌肉几乎便指此乌也。

柏树的特色第一在叶，第二在实。放翁生长稽山镜水间，所以诗中常常说及柏叶，便是那唐朝的张继寒山寺诗所云江枫渔火对愁眠，也是在说这种红叶。王端履著《重论文斋笔录》卷九论及此诗，注云："江南临水多植乌柏，秋叶饱霜，鲜红可爱，诗人类指为枫，不知枫生山中，性最恶湿，不能种之江畔也。此诗江枫二字亦未免误认耳。"范寅在《越谚》卷中柏树项下说："十月叶丹，即枫，其子可榨油，农皆植田边。"就把两者误合为一。罗逸长《青山记》云："山之麓朱村，盖考亭之祖居也，自此倚石啸歌，松风上下，遥望木叶着霜如渥丹，始见怪以为红花，久之知为乌柏树也。"《蓬窗续录》云："陆子渊《豫章录》言，饶信间柏树冬初叶落，结子放蜡，每颗作十字裂，一丛有数颗，望之若梅花初绽，枝柯诘曲，多在野水乱石间，远近成林，真可作画。此与柿树俱称美荫，园圃植之最宜。"这两节很能写出柏树之美，它的特色仿佛可以说是中国画的，不过此种景色自从我离了水乡的故国已经有三十年不曾看见了。

柏树子有极大的用处，可以榨油制烛。《越谚》卷中蜡烛条下注曰："卷芯草干，熬柏油拖蘸成烛，加蜡为皮，盖紫草汁则红。"汪曰帧著《湖雅》卷八中说得更是详细：

"中置烛心，外裹乌柏子油，又以紫草染蜡盖之，曰柏油烛。用棉花子油者曰青油烛，用牛羊油者曰荤油烛。湖俗祀神祭先必燃两炬，皆用红柏烛。婚嫁用之曰喜烛，缀蜡花者曰花烛，祝寿所用曰寿烛，丧家则用绿烛或白烛，亦柏烛也。"

日本寺岛安良编《和汉三才图会》五八引《本草纲目》语云，"烛有蜜蜡烛虫蜡烛牛脂烛柏油烛"，后加案语曰：

"案唐式云少府监每年供蜡烛七十挺，则元以前既有之矣。有数品，而多用木蜡牛脂蜡也。有油桐子蚕豆苍耳子等为蜡者，火易灭。有鲸鲲油为蜡者，其焰甚臭，牛脂蜡亦臭。近年制精，去其臭气，故多以牛蜡伪为木蜡，神佛灯明不可不辨。"

但是近年来蜡烛恐怕已是倒了运，有洋人替我们造了电灯，其次也有洋蜡洋油，除了拿到妙峰山上去之外大约没有它的什么用处了。就是要用蜡烛，反正牛羊脂也凑合可以用得，神佛未必会得见怪——日本真宗的和尚不是都要娶妻吃肉了么？那么桕油并不再需要，田边水畔的红叶白实不久也将绝迹了罢。这于国民生活上本来没有什么关系，不过在我想起来的时候总还有点怀念，小时候喜读《南方草木状》《岭表录异》和《北户录》等书，这种脾气至今还是存留着，秋天买了一部大板的《本草纲目》，很为我的朋友所笑，其实也只是为了这个缘故罢了。

十九年十二月二十五日，于北平煅药庐

四　苋菜梗

近日从乡人处分得腌苋菜梗来吃，对于苋菜仿佛有一种旧雨之感。苋菜在南方是平民生活上几乎没有一天缺的东西，北方却似乎少有，虽然在北平近来也可以吃到嫩苋菜了。查《齐民要术》中便没有讲到，只在卷十列有人苋一条，引《尔雅》郭注，但这一卷所讲都是"五谷果蓏菜茹非中国物产者"，而《南史》中则常有此物出现，如《王智深传》云，"智深家贫无人事，尝饿五日不得食，掘苋根食之"，又《蔡樽附传》云，"樽在吴兴不饮郡斋井，斋前自种白苋紫茄以为常饵，诏褒其清"，都是很好的例。

苋菜据《本草纲目》说共有五种，马齿苋在外。苏颂曰："人苋白苋俱大寒，其实一也，但大者为白苋，小者为人苋耳，其子霜后方熟，细而色黑。紫苋叶通紫，吴人用染爪者，诸苋中惟此无毒不寒。赤苋亦谓之花苋，茎叶深赤，根茎亦可糟藏，食之甚美味辛。五色苋今亦稀有，细苋俗谓之野苋，猪好食之，又名猪苋。"李时珍曰："苋并三月撒种，六月以后不堪食，老则抽茎如人长，开细花成穗，穗中细子扁而光黑，与青箱子鸡冠子无别，九月收之。"《尔雅·释草》，"蒉赤苋"，郭注云，"今之苋赤茎者"，郝懿行疏乃云："今验赤苋茎叶纯紫，浓如燕支，根浅赤色，人家或种以饰园庭，不堪啖也。"照我们经验来说，嫩的紫苋固然可以瀹食，但是"糟藏"的却都用白苋，这原只是一乡的习俗，不过别处的我不知道，所以不能拿来比较了。

说到苋菜同时就不能不想到甲鱼。《学圃余疏》云："苋有红白二种，素食者便之，肉食者忌与鳖共食。"《本草纲目》引张鼎曰："不可与鳖同食，生鳖瘕，又取鳖肉如豆大，以苋菜封裹置土坑内，以上盖之，一宿尽变成小鳖也。"其下接联地引汪机曰："此话屡试不验。"《群芳谱》采张氏的话少加删改，而末云"即变小鳖"之后却接写一句"试之屡验"，与原文比较来看未免有点滑稽。这种神异的物类感应，读了的人大抵觉得很是好奇，除了雀入大水为蛤之类无可着手外，总想怎么来试他一试，苋菜鳖肉反正都是易得的材料，一经实验便自分出真假，虽然也有越试越胡涂的，如《酉阳杂俎》所记："蝉未脱时名复育，秀才韦翾庄在杜曲，常冬中掘树根，见复育附于朽处，怪之，村人言蝉固朽木所化也，翾因剖一视之，腹中犹实烂木。"这正如剖鸡胃中皆米粒，遂说鸡是白米所化也。苋菜与甲鱼同吃，在三十年前曾和一位族叔试过，现在族叔已将七十了，听说还健在，我也不曾肚痛，那么鳖瘕之说或者也可以归入不验之列了罢。

苋菜梗的制法须俟其"抽茎如人长"，肌肉充实的时候，去叶取梗，切作寸许长短，用盐腌藏瓦坛中，候发酵即成，生熟皆可食。平民几乎家家皆制，每食必备，与干菜腌菜及螺蛳霉豆腐千张等为日用的副食物，苋菜梗卤中又可浸豆腐干，卤可蒸豆腐，味与"溜豆腐"相似，少带枯涩，别有一种山野之趣。读外乡人游越的文章，大抵众口一词地讥笑土人之臭食，其实这是不足怪的，绍兴中等以下的人家大都能安贫贱，敝衣恶食，终岁勤劳，其所食者除米而外惟菜与盐，盖亦自然之势耳。干脆者有干菜，湿腌者以腌菜及苋菜梗为大宗，一年间的"下饭"差不多都在这里。诗云，"我有旨蓄，可以御冬，是之谓也"，至于存置日久，干脆者别无问题，湿腌则难免气味变化，顾气味有变而亦别具风味，此亦是事实，原无须引西洋干酪为例者也。

《邵氏闻见录》云："汪信民常言，人常咬得菜根则百事可做，胡康侯闻之击节叹赏。"俗语亦云："布衣暖，菜根香，读书滋味长。"明洪应明遂作《菜根谭》以骈语述格言，《醉古堂剑扫》与《娑罗馆清言》亦均如此，可见此体之流行一时了。咬得菜根，吾乡的平民足以当之，所谓菜根者当然包括白菜芥菜头，萝卜芋艿之类，而苋菜梗亦附其下，至于苋根虽然救了王智深的一命，实在却无可吃，因为在只是梗的末端罢了，或者这里就是梗的别称也未可知。咬了菜根是否百事可做，我不能确说，但是我觉得这是颇有意义的，第一可以食贫，第二可以习苦，而实在却也有清淡的滋味，并没有蕺这样难吃，胆这样难尝。这个年头儿人们似乎应该学得略略吃得起苦才好。中国的青年有些太娇养了，大抵连冷东西都不会吃，水果冰激凌除外，我真替他们忧虑，将来如何上得前敌，至于那粉泽不去手，和穿红里子的夹袍的更不必说了。其实我也并不激烈地想禁止跳舞或抽白面，我知道在乱世的生活中耽溺亦是其一，不满于现世社会制度而无从反抗，往往沉浸于醇酒妇人以解忧闷，与中山饿夫殊途而同归，后之人略迹原心，也不敢加以菲薄，不过这也只是近于豪杰之徒才可以，决不是我们凡人所得以援引的而已——喔，似乎离本题太远了，还是就此打住，有话改天换了题目再谈罢。

二十年十月二十六日，于北平

五　水里的东西

我是在水乡生长的，所以对于水未免有点情分。学者们说，人类曾经做过水族，小儿喜欢弄水，便是这个缘故。我的原因大约没有这样远，恐怕这只是一种习惯罢了。

水，有什么可爱呢？这件事是说来话长，而且我也有点儿说不上来。我现在所想说的单是水里的东西。水里有鱼虾、螺蚌、茭白、菱角，都是值得记忆的，只是没有这些工夫来一一记录下来，经了好几天的考虑，决心将动植物暂且除外——那么，是不是想来谈水底里的矿物类么？不，决不。我所想说的，连我自己也不明白它是那一类，也不知道它究竟是死的还是活的，它是这么一种奇怪的东西。

我们乡间称它作Ghosychiü，写出字来就是"河水鬼"。它是溺死的人的鬼魂。既然是五伤之一——五伤人约是水、火、刀、绳、毒罢，但我记得又有虎伤似乎在内，有点弄不清楚了，总之水死是其一，这是无可疑的，所以它照例应"讨替代"。听说吊死鬼时常骗人从圆窗伸出头去，看外面的美景（还是美人？），倘若这人该死，头一伸时可就上了当，再也缩不回来了。河水鬼的法门也就差不多是这一类，它每幻化为种种物件，浮在岸边，人如伸手想去捞取，便会被拉下去，虽然看来似乎是他自己钻下去的。假如吊死鬼是以色迷，那么河水鬼可以说是以利诱了。它平常喜欢变什么东西，我没有打听清楚，我所记得的只是说变"花棒槌"，这是一种玩具，我在儿时听见所以特别留意，至于所以变这玩具的用意，或者是专以引诱小儿亦未可知。但有时候它也用武力，往往有乡人游泳，忽然沉了下去，这些人都是像虾蟆一样地"识水"的，论理决不会失足，所以这显然是河水鬼的勾当，只有外道才相信是由于什么脚筋痉挛或心脏麻痹之故。

照例，死于非命的应该超度，大约总是念经拜忏之类，最好自然是"翻九楼"，不过翻的人如不高妙，从七七四十九张桌子上跌了下来的时候，那便别样地死于非命，又非另行超度不可了。翻九楼或拜忏之后，鬼魂理应已经得度，不必再讨替代了，但为防万一危险计，在出事地点再立一石幢，上面刻南无阿弥陀佛六字，或者也有刻别的文句的罢，我却记不起来了。在乡下走路，突然遇见这样的石幢，不是一件很愉快的事，特别是在傍晚，独自走到渡头，正要下四方的渡船亲自拉船索渡过去的时候。

话虽如此，此时也只是毛骨略略有点耸然，对于河水鬼却压根儿没有什么怕，而且还简直有点儿可以说是亲近之感。水乡的住民对于别的死或者一样地怕，但是淹死似乎是例外，实在怕也怕不得许多，俗语云，瓦罐不离井上破，将军难免阵前亡，如住水乡而怕水，那么只好搬到山上去，虽然那里又有别的东西等着，老虎、马熊。我在大风暴中渡过几回大树港，坐在二尺宽的小船内在白鹅似的浪上乱滚，转眼就可以沉到底去，可是像烈士那样从容地坐着，实在觉得比大元帅时代在北京还要不感到恐怖。还有一层，河水鬼的样子也很有点爱娇。普通的鬼保存它死时的形状，譬如虎伤鬼之一定大声喊阿唷，被杀者之必用一只手提了它自己的六斤四两的头之类，惟独河水鬼则不然，无论老的小的村的俊的，一掉到水里去就都变成一个样子，据说是身体矮小，很像是一个小孩子，平常三五成群，在岸上柳树下"顿铜钱"，正如街头的野孩子一样，一被惊动便跳下水去，有如一群青蛙，只有这个不同，青蛙跳时"不东"的有水响，有波纹，它们没有。为什么老年的河水鬼也喜欢摊钱之戏呢？这个，乡下懂事的老辈没有说明给我听过，我也没有本领自己去找到说明。

我在这里便联想到了在日本的它的同类。在那边称作"河童"，读如Kappa，说是Kawawappa之略，意思即是川童二字，仿佛芥川龙之介有过这样名字的一部小说，中国有人译为"河伯"，似乎不大妥帖。这与河水鬼有一个极大的不同，因为河童是一种生物，近于人鱼或海和尚。它与河水鬼相同要拉人下水，但也喜欢拉马，喜欢和人角力。它的形状大概如猿猴，色青黑，手足如鸭掌，头顶下凹如碟子，碟中有水时其力无敌，水涸则软弱无力，顶际有毛发一圈，状如前刘海，日本儿童有蓄此种发者至今称作河童发云。柳田国男在《山岛民谭集》（1914）中有一篇"河童驹引"的研究，冈田建文的《动物界灵异志》（1927）第三章也是讲河童的，他相信河童是实有的动物，引《幽明录》云："水蝹一名蝹童，一名水精，裸形人身，长三五尺，大小不一，眼耳鼻舌唇皆具，头上戴一盆，受水三五升，只得水勇猛，失水则无勇力。"以为就是日本的河童。关于这个问题我们无从考证，但想到河水鬼特别不像别的鬼的形状，却一律地状如小儿，仿佛也另有意义，即使与日本河童的迷信没有什么关系，或者也有水中怪物的分子混在里边，未必纯粹是关于鬼的迷信了罢。

十八世纪的人写文章，末后常加上一个尾巴，说明寓意，现在觉得也有这个必要，所以添写几句在这里。人家要怀疑，即使如何有闲，何至于谈到河水鬼去呢？是的，河水鬼大可不谈，但是河水鬼的信仰以及有这信仰的人却是值得注意的。我们平常只会梦想，所见的或是天堂，或是地狱，但总不大愿意来望一望这凡俗的人世，看这上边有些什么人，是怎么想。社会人类学与民俗学是这一角落的明灯，不过在中国自然还不发达，也还不知道将来会不会发达。我愿意使河水鬼来做个先锋，引起大家对于这方面的调查与研究之兴趣。我想恐怕喜欢顿铜钱的小鬼没有这样力量，我自己又不能做研究考证的文章，便写了这样一篇闲话，要想去抛砖引玉实在有点惭愧。但总之关于这方面是"伫候明教"。

十九年五月

六　案山子

前几天在市场买了一本《新月》，读完罗隆基先生的论文之后，再读《四十自述》，这是《在上海》的下半篇，胡适之先生讲他自己作诗文的经验，觉得很有趣味。其中特别是这一节："我记得我们试译

Thomas Campbell的‘*The Soldier's Dream*’一篇诗，中有scarecrow一个字，我们大家想了几天，想不出一个典雅的译法。"这个scarecrow不知道和我有什么情分，总觉得他是怪好玩的东西，引起我的注意。我查下页胡先生的译诗，第五六两句云："枕戈藉草亦蘧然，时见刍人影摇曳。"末后附注云："刍人原作刍灵，今年改。"案《礼记檀弓下》郑氏注云："刍灵，束茅为人马，谓之灵者，神之类。"可见得不是田家的东西，叫他作刍人，正如叶圣陶先生的《稻草人》，自然要好一点了。但是要找一个的确的译语，却实在不容易，所谓华英字典之流不必说了，手头也一册都没有，所以恕不查考，严幾道的《英文汉诂》在一九〇四年出版，是同类中最典雅最有见识的一本书，二十七八年来我这意见还是一致，记得在"制字"篇中曾有译语，拿出来一翻，果然在第一百十节中有这一行云："Scarecrow，吓鸦，草人用于田间以逐鸟雀者。"这个吓鸦的名称我清清楚楚地记在心里，今天翻了出来，大有旧雨重逢的快乐，这明白地是意译，依照"惊闺"等的例，可以算作一个很好的物名，可是，连他老人家也只能如此对付，更可见我们在乌人草人之外想去找更典雅的译名之全无希望了。

日本语中有案山子这个名称，读作加贺之（Kagashi），即是吓鸦。寺岛安良编《和汉三才图会》卷三十五农具部中有这一条，其文云：

"《艺文类聚》，古者人民质朴，死则裹以白茅，投之中野，孝子不忍父母为禽兽所食，则作弹以守之，绝鸟兽之害。

"案，弹俗云案山子，今田圃中使草偶持弓，以防鸟雀也。备中国汤川寺玄宾僧都晦迹于民家之奴，入田护稻，以惊鸟雀为务，至今惧鸟雀乌灵称之僧都。"

上文所引《艺文类聚》原语多误，今依原书及《吴越春秋》改正。陈音对越王说，弩生于弓，弓生于弹，大约是对的，但是说弹起古之孝子，我颇有点怀疑，弹应该起于投石，是养生而不是送死的事罢。《说文解字》第八篇云："弔，问终也，从人弓，古之葬者厚衣之以薪，故人持弓会驱禽也。"《急就章》第二十五云："丧弔悲哀面目肿。"颜氏注："弔，谓问终者也，于字人持弓为弔，上古葬者衣之以薪，无有棺椁，常苦禽鸟为害，故弔问者持弓会之，以助弹射也。"先有弓矢而后持弓弔丧助驱禽鸟，这比弹说似近于事实，虽然古代生活我们还未能怎么知道。或者再用刍灵代人持弓，设在墓地，后来移用田间，均属可能，不过都是推测渺茫之词，有点无征不信，而且我们谈吓鸦也不必苦苦研求他的谱系，所以就此搁起似乎也没有什么妨碍。

日本语加贺之的语源解释不一，近来却似乎倾向于《俚言集览》之旧说，云起于以串夹烧灼的兽肉，使闻臭气，以惊鸟兽也，故原语的意思可解作"使嗅"。川口孙治郎在所著《飞驒之鸟》中卷论案山子的地方说飞驒南部尚有此俗，田间植竹片，上缠毛发，涂猪油，烧使发臭气，以避野兽。早川孝太郎编《野猪与鹿与狸》中讲三河设乐郡村人驱野猪的方法，其一即是烟熏："用破布为心，上包稻草，做成长的草苞模样，一头点火，挂竹竿尖上，插于田边。有极小者，夏天割草的女人挂在腰边，可避蚊虻，野猪闻布片焦臭气味亦不敢近也。"书中并图其形，与草人亦相去不远。二书皆近年新刊，为乡土研究社丛书之一，故所说翔实可信，早川氏之文尤可喜。

至于案山子三字全系汉文，日本不过借用，与那使他嗅是毫无关系的。这是怎么来的呢？《飞骅之鸟》中卷云：

"《嬉游笑览》云，惊鸟的加贺之，或写作案山子，是盖由于山寺禅僧之戏书吧。但是还不能确定，到了《梅园日记》，才说得少详，今试引其大要于下。

"据《随斋谐话》，惊鸟偶人写作案山子，友人芝山曰，在《传灯录》《普灯录》《历代高僧录》等书中均有面前案山子之语，注曰，民俗刈草作人形，令置山田之上，防禽兽，名曰案山子。又《五灯会元》，五祖师戒禅师章有主山高，案山低，主山高，案山翠青青等语。案主山高，意为山之主，案山低，意当为上平如几案。低山之间必开田畴事耕种，惊鸟草人亦立于案山之侧，故山僧戏呼为案山子，后遂成为通称欤。"

上文征引层次不甚清，又虑有阙误，今姑仍之，只一查《景德传灯录》，在第十七卷洪州云居山道膺禅师条下有这一节：

"问孤迥且巍巍时如何，师曰，孤迥且巍巍。僧曰，不会。师言，面前案山子也不会。"

注不知是那里的，我查不出，主山案山到底怎么讲我此刻也还不大明白。但是在第二十七卷找到了拾得大士的一件逸事，虽然没有说案山子，觉得仿佛有点儿关联："有护伽蓝神庙，每日僧厨下食为乌所食，拾得以杖挟之曰，汝食不能护，安能护伽蓝乎？此夕神附梦于合寺僧曰，拾得打我。"把金刚当作案山子，因为乌鸦吃了僧厨下食，被和尚打得叫苦不迭，这里边如没有什么世间味，也总可以说有些禅味的罢。

中国诗文讲到案山子似乎很少，我是孤陋寡闻，真一句都想不出来，还是在《飞驒之鸟》里见到一首七绝，说是宋人所作，其词曰：

"小雨初晴岁事新，一犁江上趁初春，豆畦种罢无人守，缚得黄茅更似人。"

在日本文学里案山子时常出现，他有时来比落拓无能的人物，有时是用他的本色，这在俳句中尤为普通，今举两三句来做例，虽然这种诗是特别不能译的，译了之后便不成样子，看不出他原来的好处来了。

田水落了，细腰高撑的案山子呵。（芜村）

身的老衰呵，案山子的面前也觉得羞惭。（一茶）

夕阳的影，出到大路来的案山子呵。（召彼）

每回下雨，老下去的田间案山子呵。（马琴）

偷来的案山子的笠上雨来得急了。（虚子）

末了一句是现代的诗，曾经被小泉八云所赏识，说只用了十七个拼音成一句诗，描写流浪书生的穷困，此上想加以修正恐怕是不可能的罢。临了我想一看英国诗人怎样地歌唱我们的案山子，便去找寻胡适之先生所译的那篇《军人梦》的原诗，最初翻阅奥斯福本《英诗选》，里边没有，再看《英诗金库》，居然在第二百六十七首找到了。可是看到第六行却大吃一惊，胡先生译作"时见刍人影摇曳"的，其原文乃是"By the wolf-scaring faggot that guarded the slain"，直译是"在那保护战死者的，吓狼的柴火旁边"，却不见案山子的踪迹。我用两种小丛书本来对比，结果是一样。因为甘倍耳先生的诗句，引起我对于案山子的兴趣，可是说了一通闲话之后回过头来一看，穿蓑笠持弓矢的草人变了一堆火烟，案山子现出使他闻闻的本相来了，这又使我感到了另外一种的趣味。今天写完此文，适之想正在玩西湖吧，等他回北平来时再送给他看看去。

二十年十月十一日

七　关于蝙蝠

苦雨翁：

　　我老早就想写一篇文章论论这位奇特的黑夜行脚的蝙蝠君。但终于没有写，不，也可以说是写过的，只是不立文字罢了。

　　昨夜从苦雨斋谈话归来，车过西四牌楼，忽然见到几只蝙蝠沿着电线上面飞来飞去，似乎并不怕人，热闹市口他们这等游逛，说起来我还是第一次看见，岂未免有点儿乡下人进城乎。

　　"奶奶经"告诉我，蝙蝠是老鼠变的。怎样地一个变法呢？据云，老鼠嘴馋，有一回口渴，错偷了盐吃，于是脱去尾巴，生上翅膀，就变成了现在的蝙蝠这般模样。这倒也十分自在，未免更上一层楼，从地上的活动，进而为空中的活动，飘飘乎不觉羽化而登仙。但另有一说，同为老鼠变的则一，同为口渴的也则一，这个则是偷吃了油。我佛面前长明灯，每晚和尚来添油，后来不知怎地，却发现灯盘里面的油，一到隔宿便涓滴也没有留存。和尚好生奇怪，有一回，夜半，私下起来探视，却见一个似老鼠而又非老鼠的东西昏卧在里面。也许他正在朦胧罢，和尚轻轻地捻起，蓦然间他惊醒了，不觉大声而疾呼："叽！叽！"

和尚慈悲，走出门，一扬手，喝道：

"善哉——

有翅能飞，

有足能走。"

于是蝙蝠从此遍天下。

生物学里关于蝙蝠是怎样讲法，现在也不大清楚了。只知道他是胎生的，怪别致的，走兽而不离飞鸟，生上这么两扇软翅，分明还记得，小时候读小学教科书（共和国的），曾经有过蝙蝠君的故事。唉，这太叫人什么了，想起那教科书，真未免对于此公有些不敬，仿佛说他是被厌弃者，走到兽群，兽群则曰，你有两翅，非我族类。走到鸟群，鸟群则曰，你是胎生，何与吾事。这似乎是因为蝙蝠君会有挑唆和离间的本事。究竟他和他的同辈争过怎样的一席长短，或者与他的先辈先生们有过何种厉害冲突的关系，我俱无从知道，固然在事实上好像也找不出什么证据来，大抵这些都是由于先辈的一时高兴，任意赐给他的头衔罢。然而不然，不见夫钟馗图乎，上有蝙蝠飞来，据说这就是"福"的象征呢，在这里，蝙蝠君倒又成为"幸运儿"了。本来末，举凡人世所谓拥护呀，打倒呀之类，压根儿就是个倚伏作闲，孟柯不也说过吗，"赵孟之所贵，赵孟能贱之"。蝙蝠君自然还是在那里过他的幽栖生活。但使我耽心的，不知现在的小学教科书，或者儿童读物里面，还有这类不愉快的故事没有。

夏夜的蝙蝠，在乡村里面的，却有着另一种风味。日之夕矣，这一天的农事告完。麦粮进了仓房。牧人赶回猪羊。老黄牛总是在树下多歇一会儿，嘴里懒懒嚼着干草，白沫一直拖到地，照例还要去南塘喝口水才进牛栏的罢。长工几个人老是蹲在场边，腰里拔出旱烟袋在那里彼此对火。有时也默默然不则一声。场面平滑如一汪水，我们一群孩子喜欢再也没有可说的，有的光了脚在场上乱跑。这时不知从那里来的蝙蝠，来来往往的只在头上盘旋，也不过是树头高罢，孩子们于是慌了手脚，跟着在场上兜转，性子急一点的未免把光脚乱跺。还是大人告诉我们的，脱下一只鞋，向空抛去，蝙蝠自会钻进里边来，就容易把它捉住了。然而蝙蝠君却在逗弄孩子们玩耍，倒不一定会给捉住的。不过我们跷一只脚在场上跳来跳去，实在怪不方便的，一不慎，脚落地，踏上满袜子土，回家不免要挨父亲瞪眼。有时在外面追赶蝙蝠直至更深，弄得一身土，不敢回家，等到母亲出门呼唤，才没精打采的归去。

年来只在外面漂泊，家乡的事事物物，表面上似乎来得疏阔，但精神上却也分外地觉得亲近。偶尔看见夏夜的蝙蝠，因而想起小时候听白发老人说"奶奶经"以及自己顽皮的故事，真大有不胜其今昔之感了。

关于蝙蝠君的故事，我想先生知道的要多许多，写出来也定然有趣。何妨也就来谈谈这位"夜行者"呢？

Grahame的《杨柳风》（*The Wind in the Willows*）小书里面，不知曾附带提到这小动物没有，顺便的问一声。

启无兄：

关于蝙蝠的事情我所知道的很少，未必有什么可以补充。查《和汉三才图会》卷四十二原禽类，引《本草纲目》等文后，按语曰："伏翼身形色声牙爪皆似鼠而有肉翅，盖老鼠化成，故古寺院多有之。性好山椒，包椒于纸抛之，则伏翼随落，竟捕之。若所啮手指则难放，急以椒与之，即脱焉。其为鸟也最卑贱者，故俚语云，无鸟之乡蝙蝠为王。"案日本俗语"无鸟的乡村的蝙蝠"，意思就是矮子队里的长子。蝙蝠喜欢花椒，这种传说至今存在，如东京儿歌云：

"蝙蝠，蝙蝠，

给你山椒吧，

柳树底下给你水喝吧。

蝙蝠，蝙蝠，

山椒的儿，

柳树底下给你醋喝吧。"

北原白秋在《日本的童谣》中说："我们做儿童的时候，吃过晚饭就到外边去，叫蝙蝠或是追蝙蝠玩。我的家是酒坊，酒仓左近常有蝙蝠飞翔。而且蝙蝠喜欢喝酒。我们捉到蝙蝠，把酒倒在碟子里，拉住它的翅膀，伏在里边给它酒喝。蝙蝠就红了脸，醉了，或者老鼠似的吱吱地叫了。"日向地方的童谣云：

"酒坊的蝙蝠，给你酒喝吧。

喝烧酒么，喝清酒么？

再下一点来再给你喝吧。"

有些儿童请它吃糟喝醋，也都是这个意思的变换。不过这未必全是好意，如长野的童谣便很明白，即是想脱一只鞋向空抛去也。其词曰：

"蝙蝠，来，

快来！

给你草鞋，快来！"

雪如女士编《北平歌谣集》一〇三首云：

"檐蝙蝠，穿花鞋，

你是奶奶我是爷。"

这似乎是幼稚的恋爱歌，虽然还是说的花鞋。

蝙蝠的名誉我不知道是否系为希腊老奴伊索所弄坏，中国向来似乎不大看轻它的。它是暮景的一个重要的配色，日本《俳句辞典》中说："无论在都会或乡村，薄暮的景色与蝙蝠都相调和，但热闹杂沓的地方其调和之度较薄。大路不如行人稀少的小路，都市不如寂静的小城，更密切的适合。看蝙蝠时的心情，也要仿佛感着一种萧寂的微淡的哀愁那种心情才好。从满腔快乐的人看去，只是皮相的观察，觉得蝙蝠在暮色中飞翔罢了，并没有什么深意，若是带了什么败残之憾或历史的悲愁那种情调来看，便自然有别种的意趣浮起来了"。这虽是《诗韵含英》似的解说，却也颇得要领。小时候读唐诗（韩退之的诗么？），有两句云，"山石荦确行径微，黄昏到寺蝙蝠飞"，至今还觉得有趣味。会稽山下的大禹庙里，在禹王耳朵里做窠的许多蝙蝠，白昼也吱吱的乱叫，因为我们到庙时不在晚间，所以总未见过这样的情景。日本俳句中有好些咏蝙蝠的佳作，举其一二：

"蝙蝠呀，

屋顶草长——

圆觉寺。

——亿兆子作

蝙蝠呀，

人贩子的船

靠近了岸。

——水遁家作

土牢呀，

卫士所烧的火上的

食蚊鸟。

——芋村作"

Kakuidor，吃蚊子鸟，即是蝙蝠的别名。

格来亨的《杨柳风》里没有说到蝙蝠，他所讲的只是土拨鼠、水老鼠、獾、獭和癞虾蟆。但是我见过一本《蝙蝠的生活》，很有文学的趣味，是法国Charles Derennes所著，Willcox女士于一九二四年译成英文，我所见的便是这一种译本。

十九年七月二十三日，岂明

蚯 蚓

　　忽然想到，草木虫鱼的题目很有意思，抛弃了有点可惜，想来续写，这时候第一想起的就是蚯蚓，或者如俗语所云是曲蟮。小时候每到秋天，在空旷的院落中，常听见一种单调的鸣声，仿佛似促织，而更为低微平缓，含有寂寞悲哀之意，民间称之曰曲蟮叹窠，倒也似乎定得颇为确当。案崔豹《古今注》云：

　　"蚯蚓一名蛩蟮，一名曲蟮，善长吟于地中，江东渭为歌女，或谓鸣砌。"由此可见蚯蚓歌吟之说古时已有，虽然事实上并不如此，乡间有俗谚其原语不尽记忆，大意云，蝼蛄叫了一世，却被曲蟮得了名声，正谓此也。"

蚯蚓只是下等的虫豸，但很有光荣，见于经书。在书房里念四书，念到《孟子·滕文公》下，论陈仲子处有云：

"充仲于之操，则蚓而后可者也，夫蚓上食槁壤，下饮黄泉。"这样他至少可以有被出题目做八股的机会，那时代圣贤立言的人们便要用了很好的声调与字面，大加以赞叹，这与螬同是难得的名誉。后来《大戴礼·劝学篇》中云：

"蚓无爪牙之利，筋脉之强，上食埃土，下饮黄泉，用心一也。"又杨泉《物理论》云：

"检身止欲，莫过于蚓，此志士所不及也。"此二者均即根据孟子所说，而后者又把邵武士人在《孟子正义》中所云但上食其槁壤之上，下饮其黄泉之水的事，看作理想的极廉的生活，可谓极端的佩服矣。但是现在由我们看来，蚯蚓固然仍是而且或者更是可以佩服的东西，它却并非陈仲子一流，实在乃是禹稷的一队伙里的，因为它是人类——农业社会的人类的恩人，不单是独善其身的廉士志士已也。这种事实在中国书上不曾写着，虽然上食槁壤，这一句话也已说到，但是一直没有看出其重要的意义，所以只好往外国的书里去找，英国的怀德在《色耳彭的自然史》中，于一七七七年写给巴林顿第三十五信中曾说及蚯蚓的重大的工作，它掘地钻孔，把泥土弄松，使得雨水能沁入，树根能伸长，又将稻草树叶拖入土中，其最重要者则是从地下抛上无数的土块来，此即所谓曲蟮粪，是植物的好肥料。他总结说：

"土地假如没有蚯蚓，则即将成为冷、硬，缺少发酵，因此也将不毛了。"达尔文从学生时代就研究蚯蚓，他收集在一年中一方码的地面内抛上来的蚯蚓粪，计算在各田地的一定面积内的蚯蚓穴数，又估计他们拖下多少树叶到洞里去。这样辛勤的研究了大半生，于一八八一年乃发表他的大著《由蚯蚓而起的植物性壤土之造成》，证明了地球上大部分的肥土都是由这小虫的努力而做成的。他说：

"我们看见一大片满生草皮的平地，那时应当记住，这地面平滑所以觉得很美，此乃大半由于蚯蚓把原有的不平处所都慢慢的弄平了。想起来也觉得奇怪，这平地的表面的全部都从蚯蚓的身子里通过，而且每隔不多儿年，也将再被通过。耕犁是人类发明中最为古老也最有价值之一，但是在人类尚未存在的很早以前，这地乃实在已被蚯蚓都定期的耕过了。世上尚有何种动物，像这低级的小虫似的在地球的历史上，担任着如此重要的职务者，这恐怕是个疑问吧。"

蚯蚓的工作大概有三部分，即是打洞，碎土，掩埋。关于打洞，我们根据汤木孙的一篇《自然之耕地》，抄译一部分于下：

"蚯蚓打洞到地底下深浅不一，大抵二英尺之谱。洞中多很光滑，铺着草叶。末了大都是一间少大的房子，用叶子铺得更为舒服一点。在白天里洞门口常有一堆细石子，一块土或树叶，用以阻止蜈蚣等的侵入者，防御鸟类的啄毁，保存穴内的润湿，又可抵挡大雨点。

"在松的泥土打洞的时候，蚯蚓用它身子尖的部分去钻。但泥土如是坚实，它就改用吞泥法打洞了。它的肠胃充满了泥土，回到地面上把它遗弃，成为蚯蚓粪，如在草原与打球场上所常见似的。

"蚯蚓吞咽泥土，不单是为打洞，它们也吞土为的是土里所有的腐烂的植物成分，这可以供他们作食物。

在洞穴已经做好之后，抛出在地上的蚯蚓粪那便是为了植物食料而吞的土了，假如粪出得很多，就可推知这里树叶比较的少用为食物，如粪的数目根少，大抵可以说蚯蚓得到了好许多叶子。在洞穴里可以找到好些吃过一半的叶子，有一回我们得到九十一片之多。

"在平时白天里蚯蚓总是在洞里休息，把门关上了。在夜间它才活动起来了，在地上寻找树叶和滋养物，又或寻找配偶。打算出门去的时候，蚯蚓便头朝上的出来，在抛出蚯蚓粪的时候，自然是尾巴在上边，它能够在路上较宽的地方或是洞底里打一个转身的。"

碎土的事情很是简单，吞下的土连细石子都在胃里磨碎，成为细腻的粉，这是在蚯蚓粪可以看得出来的。掩埋可以分作两点。其上是把草叶树子拖到上里去，吃了一部分以外多腐烂了，成为植物性壤土，使得土地肥厚起来，大有益于五谷和草木。其二是从底下抛出粪土来把地面逐渐掩埋了。地平并未改变，可是底下的东西搬到了上边来。这是很好的耕田。据说在非洲西海岸的一处地方，每一方里面积每一年里有六万二千二百三十三吨的土搬到地面上来，又在二十七年中，二英尺深地面的泥上将颗粒不遗的全翻转至地上云。达尔文计算在英国平常耕地每一亩中平均有蚯蚓五万三千条，但如古旧休闲的地段其数目当增至五十万。此一亩五万三千的蚯蚓在一年中将把十吨的泥土悉自肠胃通过，再搬至地面上。在十五年中此土将遮盖地面厚至三寸，如六十年即积一英尺矣。这样说起来，蚯蚓之为物虽微小，其工作实不可不谓伟大。古人云，民以食为天，蚯蚓之功在稼穑，谓其可以与禹稷或后稷相比，不亦宜欤。

末后还想说几句话，不算什么辟谣，亦只是聊替蚯蚓表明真相而已。《太平御览》九四七引郭景纯《蚯蚓赞》云：

"蚯蚓土精，无心之虫，交不以分，淫于阜螽，触而感物，乃无常雄。"又引刘敬叔《异苑》："云宋元嘉初有王双者，遇一女与为偶，后乃见是一青色白领蚯蚓，于时咸谓双暂同阜螽矣。"案由此可知晋宋时民间相信蚯蚓无雄，与阜螽交配，这种传说后来似乎不大流行了，可是它总有一种特性，也容易被人误解，这便是雌雄同体这件事。怀德的《观察录》中昆虫部分有一节关于蚯蚓的，可以抄引过来当资料，其文云：

"蚯蚓夜间出来躺在草地上，虽然把身子伸得很远，却并不离开洞穴，仍将尾巴末端留在洞内，所以略有警报就能急速的退回地下去。这样伸着身子的时候，凡是够得着的什么食物也就满足了，如草叶、稻草、树叶，这些碎片它们常拖到洞穴里去。就是在交配时，它的下半身也决不离开洞穴，所以除了住得相近互相够得着的以外，没有两个可以得有这种交际，不过因为它们都是雌雄同体的，所以不难遇见一个配偶，甚是雌雄异体则此事便很是困难了。"案雌雄同体与自为雌雄本非一事，而古人多混而同之。《山海经·南山经》中云：

"有兽焉，其状如狸而有毛，其名曰类，自为牝牡，食者不妒。"郝兰皋疏转引《异物志》云："灵猫一体，自为阴阳。"又三《北山经》云，"带山有鸟名曰鹆䳌，是自为牝牡"，亦是一例。而王崇庆在释义中乃评云：

"鸟兽自为牝牡，皆自然之性，岂特鹆䳌也哉。"此处惟理派的解释固然很有意思，却是误解了经文，盖所谓自者非谓同类而是同体也。郭景纯《类赞》云：

　　"类之为兽，一体兼二，近取诸身，用不假器，窈窕是佩，不知妒忌。"说的很是明白。但是郭君虽博识，这里未免小有谬误，因为自为牝牡在事实上是不可能的，只有笑话中说说罢了，粗鄙的话现在也无须传述。《山海经》里的鸟兽我们不知道，单只就蚯蚓来说，它的性生活已由动物学者调查清楚，知道它还是二虫相交，异体受精的。瑞德女医师所著《性是什么》，书中第二章论动物间性，举水螅、蚯蚓、蛙、鸡、狗五者为例，我们可以借用讲蚯蚓的一小部分来做说明。据说蚯蚓全身约共有百五十节，在十三节有卵巢一对，在十及十一节有睾丸各两对，均在十四节分别开口，最奇特的是在九至十一节的下面左右各有二口，下为小囊，又其三二至三七节背上颜色特殊，在产卵时分泌液质作为茧壳。凡二虫相遇，首尾相反，各以其九至十三节一部分下面相就，输出精子入于对方的四小囊中，乃各分散，及卵子成熟时，背上特殊部分即分泌物质成筒形，蚯蚓乃缩身后退，筒身擦过十三四节，卵子与囊中精子均黏着其上，遂以并合成胎，蚓首缩入筒之前端，此端即封闭，及首退出后端，亦随以封固而成茧矣。以上所述因力求简要，说的很有欠明白的地方，但大抵可以明了蚯蚓生殖的情形，可知雌雄同体与自为牝牡原来并不是一件事。蚯蚓的名誉和我们本是风马牛不相及，也不必替它争辩，不过为求真实起见，不得不说明一番，目的不是写什么科学小品，而结果搬了些这一类的材料过来，虽不得已，亦是很抱歉的事也。

民国甲申九月二十四日所写，续草木虫鱼之一

萤　火

　　近年多看中国旧书，因为外国书买不到，线装书虽也很贵，却还能入手，又卷帙轻便，躺着看时拿了不吃力，字大悦目，也较为容易懂。可是看得久了多了，不免会发生厌倦，第一是觉得单调，千年前后的人所说的话没有多大不同，有时候或者后人比前人还要胡涂点也不一定，因此第二便觉得气闷。从前看过的书，后来还想拿出来看，反复读了不厌的实在很少，大概只有《诗经》，其中也以《国风》为主，《陶渊明集》和《颜氏家训》而已。在这些时候，从书架上去找出尘土满面的外国书来消遣，也是常有的事。

前几天忽然想到关于萤火说几句闲话，可是最先记起来总是腐草化为萤以及丹鸟羞白鸟的典故，这虽然出在正经书里，也颇是新奇，却是靠不住，至少是不能通行的了。案《礼记·月令》云："季夏之月，腐草为萤。"《逸周书时训解》云：

"大暑之日，腐草化为萤。腐草不化为萤，谷实鲜落。"

这里说的更是严重，仿佛是事关化育，倘若至期腐草不变成萤火，便要五谷不登，大闹饥荒了。《尔雅》，萤火即炤。郭璞注，夜飞，腹下有火。这里并没有说到化生，但是后来的人总不能忘记《月令》的话，邢昺《尔雅疏》，陆佃《新义》及《埤雅》，罗愿《尔雅翼》，都是如此，邵晋涵《正义》不必说了，就是王引之《广雅疏证》也难免这样。《本草纲目》引陶弘景曰：

"此是腐草及烂竹根所化，初时如蛹，腹下已有光，数日变而能飞。"李时珍则详说之曰：

"萤有三种。一种小而宵飞，腹下光明，乃茅根所化也。吕氏《月令》所谓腐草化为萤者也。一种长如蛆蠋，尾后有光，无翼不飞，乃竹根所化也。一名蠲，俗名萤蛆。《明堂》《月令》所谓腐草化为蠲者是也，其名宵行。茅竹之根夜视有光，复感湿热之气，遂变化成形尔。一种水萤，居水中。唐李子卿《水萤赋》所谓彼何为而化草，此何为而居泉，是也。"钱步曾《百廿虫吟》中萤项下自注云：

"萤有金银二种。银色者早生，其体纤小，其飞迟滞，恒集于庭际花草间，乃宵行所化。金色者入夏季方有，其体丰腴，其飞迅疾，其光闪烁不定，恒集于水际菱蒲及田塍丰草间，相传为牛粪所化。盖牛食草出粪，草有融化未净者，受雨露之沾濡，变而为萤，即《月令》腐草为萤之意也。余尝见牛溲坌积处飞萤丛集，此其验矣。"又汪曰桢《湖雅》卷六萤下云：

"按，有化生，初似蛹，名蠲，亦名萤蛆，俗呼火百脚，后乃生翼能飞为萤。有卵生，今年放萤于屋内，明年夏必出细萤。"案以上诸说均主化生，惟郝懿行《尔雅义疏》反对《本草》陶李二家之说，云：

"今验萤火有二种，一种飞者，形小头赤，一种无翼，形似大蛆，灰黑色，而腹下火光大于飞者，乃诗所谓宵行，《尔雅》之即烟亦当兼此二种，但说者止见飞萤耳。又说茅竹之根夜皆有光，复感湿热之气，遂化成形，亦不必然。盖萤本卵生，今年放萤火于屋内，明年夏细萤点点生光矣。"寥寥百十字，却说得确实明白，所云萤之二种实即是雌雄两性，至断定卵生尤为有识，汪谢城引用其说，乃又模棱两可，以为卵生之外别有化生，未免可笑。惟郝君亦有格致未精之处，如下文云：

"《夏小正》曰，丹鸟羞白鸟。丹鸟谓丹良，白鸟谓蚊蚋。《月令疏》引皇侃说，丹良是萤火也。"罗端良在宋时却早有异议提出，《尔雅翼》卷二十七萤下云：

"《夏小正》曰，丹鸟羞白鸟。此言萤食蚊蚋。又今人言，赴灯之蛾以萤为雌，故误赴火而死。然萤小物耳，乃以蛾为雄，以蚊为粮，皆未可轻信。"

从中国旧书里得来的关于萤火的知识就是这些，虽然也还不错，可是披沙拣金，殊不容易，而且到底也不怎么精确，要想知道得更多一点，只好到外国书中去找寻了。专门书本是没有，就是引用了来也总是不适合，所以这里所说也无非只是普通的，谈生物而有文学的趣味的几册小书而已。英国怀德《色耳彭的自然史》著名于世，在这里边却未尝讲到萤火，但是《虫豸观察杂记》中有一则云：

"观察两个从野间捉来放在后园的萤火，看出这些小生物在十一二点钟之间熄灭他们的灯光，以后通夜间不再发亮。雄的萤火为蜡烛光所引，飞进房间里来。"

这虽是短短的一两句话，却很有意思，都是出于实验，没有一点儿虚假。怀德生于千七百二十年，即清康熙五十九年，我查考疑年录，发现他比戴东原大三岁，比袁子才却还要小四岁，论时代不算怎么早，可是这样有趣味的记录在中国的乾嘉诸老辈的著作中却是很不容易找到，所以这不能不说是很可珍重的了。其次法国的法勃耳，在他的大著《昆虫记》中有一篇谈萤火的文章，告诉我们好些新奇的事情。最奇怪的是关于萤火的吃食，据他说，萤火虽然不吃蚊子，所吃的东西却比蚊子还要奇特，因为这乃是樱桃大小的带壳的蜗牛。若是蜗牛走着路，那是最好了，即使停留着，将身子缩到壳里去，脚部总有一点儿露出，萤火便上前去用它嘴边的小钳子轻轻的掰上几下。这钳子其细如发，上边有一道槽，用显微镜才看得出，从这里流出毒药来，注射进蜗牛身里去，其效力与麻醉药相等。法勃耳曾试验过，他把被萤火掰过四五下的蜗牛拿来检查，显已人事不知，用针刺它也无知觉，可是并未死亡，经过昏睡两日夜之后，蜗牛便即恢复健康，行动如常了。由此可知萤火所用的乃是全身麻醉的药，正如果蠃之类用毒针麻倒桑虫蚱蜢，存起来供幼虫食用，现在不过是现麻现吃，似乎与《水浒》里的下迷药比较倒更相近。萤火的身体很小，要想吃蚊子便已不大可能，如罗端良所怀疑的，现在却来吃蜗牛，可以说是大奇事。法勃耳在《萤火》一文中云：

"萤火并不吃，如严密的解释这字的意义。它只是饮，它喝那薄粥，这是它用了一种方法，令人想起那蛆虫来，将那蜗牛制造成功的。正如麻苍蝇的幼虫一样，它也能够先消化而后享用，他在将吃之前把那食物化成液体。"《昆虫记》中有几篇讲金苍蝇麻苍蝇的文章，从实验上说明蛆虫食肉的情形，他们吐出一种消化药，大概与高级动物的胃液相同，涂在肉上，不久肉即消融成为流质。萤火所用的也就是这种方法，它不能咬了来吃，却可以当作粥喝，据说在好几个萤火畅饮一顿之后，蜗牛只是一个空壳，什么都没有余剩了。丹鸟羞白鸟，我们知道它不合理，事实上却是萤火吃蜗牛，这自然界的怪异又是谁所料得到的呢。

法勃耳生于一八二三年，即清道光三年，与李少荃是同年的，所以还是近时人，其所发现的事知道的不很多，但即使人家都知道了萤火吃蜗牛，也不见得会使他怎么有名，本来萤火之所以为萤火的乃别有在，即是它在尾巴上点着灯火。中国名称除萤火之外还有即炤、辉夜、景天、夜光、宵烛等，都与火光有关。希腊语曰阑普利斯，意云亮尾巴，拉丁文学名沿称为阑辟利思，英法则名之为发光虫。据《昆虫记》所说，在萤火腹中的卵也已有光，从皮外看得出来，及至孵化为幼虫，不问雌雄尾上都点着小灯，这在郝兰皋也已经知道了。雄萤火蜕化生翼，即是形小头赤者，灯光并不加多，雌者却不蜕化，还是那大蛆的状态，可是亮光加上两节，所以腹下火光大于飞者了。这是一种什么物质，法勃耳说也并不是磷，与空气接触而发光，腹部有孔可开闭以为调节。法勃耳叙述夜中往捕幼萤，长仅五公厘，即中国尺一分半，当初看见在草叶上有亮光，但如误触树枝少有声响，光即熄灭，遂不可复见。迨及长成，便不如此，他曾在萤火笼旁放枪，了无闻知，继以喷水或喷烟，亦无甚影响，间有一二熄灯者，不久立即复燃，光明如旧。夜半以前是否熄灯，文中未曾说及，但怀德前既实验过，想亦当是确实的事。萤火的光据法勃耳说：

"其光色白，安静，柔软，觉得仿佛是从满月落下来的一点火花。可是这虽然鲜明，照明力却颇微弱。假如拿了一个萤火在一行文字上面移动，黑暗中可以看得出一个个的字母，或者整个的字，假如这并不太长，可是这狭小的地面以外，什么也都看不见了。这样的灯光会得使读者失掉耐性的。"看到这里，我们又想起中国书里的一件故事来。《太平御览》卷九百四十五引《续晋阳秋》云：

"车胤，字武子，好学不倦，家贫不常得油，夏月则练囊盛数十萤火，以夜继日焉。"这囊萤照读成为读书人的美谈，流传很远，大抵从唐朝以后一直传诵下来，不过与上边昆虫记的话比较来看，很有点可笑。说是数十萤火，烛火能有几何，即使可用，白天花了工夫去捉，却来晚上用功，岂非徒劳，而且风雨时有，也是无法。《格致镜原》卷九十六引成应元《事统》云：

"车胤好学，常聚萤火读书，时值风雨，胤叹曰，天不遣我成其志业耶。言讫，有大萤傍书窗，比常萤数倍，读书讫即去，其来如风雨至。"这里总算替车君弥缝了一点过来，可是已经近于志异，不能以常情实事论了。这些故事都未尝不妙，却只是宜于消闲，若是真想知道一点事情的时候，便济不得事。近若干年来多读线装旧书，有时自己疑心是否已经有点中了毒，像吸大烟的一样，但是毕竟还是常感觉到不满意，可见真想做个国粹主义者实在是大不容易也。

　　　　三十二年十一月二日所写，续草木虫鱼之二

猫头鹰

陆玑《毛诗草木鸟兽虫鱼疏》卷下，"流离之子"条下云：

"流离，枭也，自关而西谓枭为流离。适长大还食其母，故张奂云鹗鸺食母，许慎云，枭不孝鸟，是也。"赵佑《校正》案语云：

"窃以鸮枭自是一物，今俗所谓猫头鹰，谓即古之鸮鸟一名休鸺者，人常捕之。头似猫而翼尾似鹰，目昼昏夜明，故捕之常以昼，其鸣常以夜，如号泣。哺其子既长，母老不能取食以应子求，则挂身树上，子争唼之飞去。其头悬着枝，故字从木上鸟，而枭首之象取之。以其性贪善饿，又声似号，故又从号，而枵腹之义取之。"

　　枭鸮害母这句话，在中国大约是古已有之。其实猫头鹰只是容貌长得古怪，声音有点特别罢了。除了依照肉食鸟的规矩而行动之外，并没有什么恶性，世人却很不理解它，不但十分嫌恶，还要加以意外的毁谤。中国文人不知从那里想出来的说它啄母食母，赵鹿泉又从而说明之，好像是实验过的样子，可是那头挂得有点蹊跷，除非是像胡蜂似的咬住了树枝睡午觉。姚元之《竹叶亭杂记》卷六有一则云：

　　"乙卯二月余在籍，一日喧传涤岑有大树自鸣，闻者甚众，至晚观者亦众。以爆驱之，声少歇；少顷复鸣，如此数夜。其声若人长吟，乍高乍低，不知何怪，言者俱以为不祥，后亦无他异。有老人云，鸮鸟生子后即不飞，俟其子啄其肉以自哺。啄时即哀鸣，数日食尽则止。有人搜树视之，果然。可知少见多怪，天下事往往如是也。"还有一本什么人的笔记，我可惜忘记了，里边也谈到这个问题，说枭鸟不一定食母，只是老了大抵被食，窠内有毛骨可以为证。这是说它未必不孝，不过要吃同类，却也同样的不公平，而且还引毛骨证明其事，尤其是莫须有的冤狱了。英国怀德（Gilbert White）在《色耳邦自然史》中所说却很不同，这在一七七三年七月八日致巴林顿氏第十五信中：

"讲到猫头鹰，我有从威耳兹州的绅士听来的一件事可以告诉你。他们正在挖掘一棵空心的大秦皮树，这里边做了猫头鹰的馆舍已有百十来年了，那时他在树底发现一堆东西，当初简直不知道是什么。略经检查之后，他看出乃是一大团的鼹鼠的骨头（或者还有小鸟和蝙蝠的），这都从多少代的住客的嗉囊中吐出，原是小团球，经过岁月便积成大堆了。盖猫头鹰将所吞吃的东西的骨头毛羽都吐出来，同那鹰一样。他说，树底下这种物质一共总有好几斗之多。"姚元之所记事为乾隆六十年，即西历一七九五，为怀德死后二年，而差异如此，亦大奇也。据怀德说，猫头鹰吞物而吐出其毛骨，可知啄母云云盖不可能。斯密士（R.B.Smith）著《鸟生活与鸟志》，凡文十章皆可读，第一章谈猫头鹰，叙其食鼠法甚妙：

"驯养的白猫头鹰——驯者如此，所以野生者抑或如此——处分所捉到的一个鼹鼠的方法甚是奇妙。它衔住老鼠的腰约有一两分钟，随后忽然把头一摆，将老鼠抛到空中，再接住了，头在嘴里。头再摆，老鼠头向前吞到喉里去了，只剩尾巴拖在外边，经过一两分钟沉思之后，头三摆，尾巴就不见了。"上边又有一节讲它吐出毛骨的事，不辞烦聒，抄录在这里，引文文章也写得清疏，不但可为猫头鹰作辩护也。

"它的家如住有大窟洞的树里的时候，你将时常发现在洞底里有一种软块，大约有一斗左右的分量，这当初是一个个的长圆的球，里边全是食物之不消化部分，即它所吞食的动物的毛羽骨头。这是自然的一种巧妙安排，使得猫头鹰还有少数几种鸟如马粪鹰及鱼狗凡是囫囵吞食物的，都能因了猛烈的接连的用力把那些东西从嘴里吐出来。在检查之后，这可以确实的证明，就是猎场监督或看守人也都会明白，它不但很有益于人类，而且向来人家说它所犯的罪如杀害小竹鸡小雉鸡等事它也完全没有。在母鸟正在孵蛋的树枝间或地上，又在它的忠实的配偶坐着看护着的邻近的树枝间，都可以见到这些毛团保存着完整的椭圆形。这软而湿的毛骨小块里边，我尝找出有些甲虫或赃螂的硬甲，这类食物从前不曾有人会猜想到是白猫头鹰所很爱吃的。德国人是大统计学家，德国博物学者亚耳通博士曾仔细的分析过许多猫头鹰所吐的毛团。他在住仓猫头鹰的七百零六个毛团里查出二千五百二十五个大鼠、鼹鼠、田鼠、臭老鼠、蝙蝠的残骨，此外只有二十二个小鸟的屑片，大抵还是麻雀。检查别种的猫头鹰，其结果也相仿佛。据说狗如没有骨头吃便要生病，故鼠类的毛骨虽然是不消化的东西，似乎在猫头鹰的消化作用上却是一种必要的帮助，假如专用去了毛骨的肉类饲养猫头鹰，他就将憔悴而死。"这末了的一句话是确实的，我在民国初年养过一只小猫头鹰，不过半年就死了，因为专给他好肉吃，实在也无从去捉老鼠来饲它。《一切经音义》七引舍人曰："狂一名茅鸱，喜食鼠，大目也。"中国古人说枭鸱说得顶好的恐怕要算这一节了吧。

中国关于动物的谣言向来很多，一直到现在没有能弄清楚。螟蛉有子的一件梁朝陶弘景已不相信，又有后代好些学者附议，可是至今还有好古的人坚持着化生之说的。事实胜于雄辩，然而观察不清则实验也等于幻想，《西阳杂俎》十六《广动植》中云：

"蝉未脱时名复育，相传言蛣蜣所化。秀才韦翾庄在社曲，尝冬中掘树根，见复育附于朽处，怪之，村人言蝉固朽木所化也。翾因剖一视之，腹中犹实烂木。"即其一例。姚元之以树中鸣声为老鸦被食，又有人以所吐毛骨为证，是同一覆辙，但在英国的乡下绅士见之便不然了，他知道猫头鹰是吞食而又吐出毛骨的，这些又都是什么小动物的毛骨。中国学者如此格物，何能致知，科学在中国之不发达盖自有其所以然也。

二十四年五月

谈土拨鼠

平白兄：

　　每接读手书，就想到《杨柳风》译本的序，觉得不能再拖延了，应该赶紧写才是。可是每想到后却又随即搁下，为什么呢？第一，我写小序总想等到最后截止的那一天再看，而此书出版的消息杳然，似乎还不妨暂且偷懒几天。第二，实在是写不出，想了一回只好搁笔。但是前日承令夫人光临面催，又得来信说书快印成了，这回觉得真是非写不可了。然而怎么写呢？

　　五年前在《骆驼草》上我曾写过一篇绍介《杨柳风》的小文，后来收在《看云集》里。我所想说的话差不多写在那里了，就是现在也还没有什么新的意思要说。我将所藏的西巴特（Sheppard）插画本《杨柳风》，兄所借给我的查麦（Chalmers）著《格来亨传》，都拿了出来翻阅一阵，可是不相干，材料虽有而我想写的意思却没有。庄子曰，日月出矣而爝火不息，其为光也不亦微乎。《杨柳风》的全部译本已经出来了，而且译文又是那么流丽，只待人家直接去享受，于此又有何言说，是犹在俱胝和尚说法后去竖指头，其不被棒喝撺出去者盖非是今年真好运气不可也。

这里我只想说一句话，便是关于那土拨鼠的。据传中说此书原名《芦中风》，后来才改今名，于一九〇八年出版。第七章"黎明的门前之吹箫者"仿佛是其中心部分，不过如我前回说过这写得很美，却也就太玄一点了，于我不大有缘分。它的别一个题目是"土拨鼠先生与他的伙伴"，这我便很喜欢。密伦（Milne）所编剧本名曰《癫施堂的癫施先生》，我疑心这是因为演戏的关系所以请出这位癫虾蟆来做主人翁，若在全书里最有趣味的恐怕倒要算土拨鼠先生。密伦序中有云：

"有时候我们该把它想作真的土拨鼠，有时候是穿着人的衣服，有时候是同人一样的大，有时候用两只脚走路，有时候是四只脚。它是一个土拨鼠，它不是一个土拨鼠。它是什么？我不知道。而且，因为不是认真的人，我并不介意。"这话说得很好，这不但可以见他对于土拨鼠的了解，也可以见他的爱好。我们能够同样的爱好土拨鼠，可是了解少不容易，而不了解也就难得爱好。我们固然可以像密伦那样当它不是一个土拨鼠，然而我们必须先知道什么是一个土拨鼠，然后才能够当它不是。那么什么是土拨鼠呢？据原文曰mole，《牛津简明字典》注云：

"小兽穿地而居，微黑的绒毛，很小的眼睛。"中国普通称云鼹鼠，不过与那饮河满腹的似又不是一样，《本草纲目》卷五十一下列举各家之说云：

"弘景曰，此即鼢鼠也，一名隐鼠，形如鼠而大，无尾，黑色，尖鼻甚强，常穿地中行，讨掘即得。

"藏器曰，隐鼠阴穿地中而行，见日月光则死，于深山林木下土中有之。

"宗奭曰，鼹脚绝短，仅能行，尾长寸许，目极小，项尤短，最易取，或安竹弓射取饲鹰。

"时珍曰，田鼠偃行地中，能壅土成垄，故得诸名。"

寺岛良安编《和汉三才图会》卷三十九引《本纲》后云：

"案鼹状似鼠而肥，毛带赤褐色，颈短似野猪，其鼻硬白，长五六分，而下嘴短，眼无眶，耳无珥而聪，手脚短，五指皆相屈，但手大倍于脚。常在地中用手掘土，用鼻拨行，复还旧路，时仰食蚯蚓，柱础为之倾，根树为之枯焉。闻人音则逃去，早朝窥拨土处，从后掘开，从前穿追，则穷迫出外，见日光即不敢动，竟死。"这所说最为详尽，土拨鼠这小兽的情状大抵可以明白了，如此我们对于"土拨鼠先生"也才能发生兴趣，欢迎它出台来。但是很不幸平常我们和它缺少亲近，虽然韦门道氏著的《百兽图说》第二十八项云"寻常田鼠举世皆有"，实际上大家少看见它，无论少年以至老年提起鼹鼠、鼢鼠、隐鼠、田鼠或是土龙的雅号，恐怕不免都有点茫然，总之没有英国人听到摩耳（mole）或日本人听到摩悟拉（mogura）时的那种感觉吧。英国少见蝼蛄，称之曰molecricket（土拨鼠蟋蟀），若中国似乎应该呼土拨鼠为蝼蛄老鼠才行，准照以熟习形容生疏之例。那好些名称实在多只在书本上活动，土龙一名或是俗称我却不明了，其中田鼠曾经尊译初稿采用，似最可取，但又怕与真的田鼠相混，在原书中也本有"田鼠"出现，所以只好用土拨鼠的名称了。这个名词大约是西人所定，查《百兽图说》中有几种的土拨鼠，却是别的鼠类，在什么书中把它对译"摩耳"，我记不清了，到得爱罗先珂的《桃色的云》出版，土拨鼠才为世所知，而这却正是对译"摩悟拉"的，现在的译语也就衍袭这条系统，它的好处是一个新名词，还有点表现力，字面上也略能说出它的特性。然而当然也有缺点，这表示中国国语的——也即是人的缺少对于"自然"之亲密的接触，对于这样有趣味的寻常小动物竟这么冷淡没有给它一个好名字，可以用到国语文章里去，不能不说是一件大大的不名誉。人家给小孩讲土拨鼠的故事，"小耗子"（原书作者的小儿子的诨名）高高兴兴的听了去安安静静的睡，我们和那土拨鼠却是如此生疏，在听故事之先还要来考究其名号脚色，如此则听故事的乐趣究有几何可得乎，此不佞所不能不念之惘然者也。

兄命我写小序，而不佞大谈其土拨鼠，此正是文不对题也。既然不能做切题的文章，则不切题亦复佳。孔子论《诗》云可以兴观群怨，末曰多识于草木鸟兽之名，我不知道《杨柳风》可以兴观群怨否，即有之亦非我思存，若其草木鸟兽则我甚欢喜者也。有人想引导儿童到杨柳中之风里去找教训，或者是正路也未可知，我总不赞一辞，但不佞之意却希望他们于军训会考之暇去少与癞虾蟆水老鼠游耳，故不辞词费而略谈土拨鼠，若然，吾此文虽不合义法，亦尚在自己的题目范围内也。

中华民国二十四年十一月廿三日，在北平，知堂书记

补 记

《尔雅》释兽鼠属云，鼢鼠。郭璞注云，地中行者。陆佃《新义》卷十九云，今之犁鼠。邵晋涵《正义》卷十九云："《庄子·逍遥游》云，偃鼠饮河，不过满腹。今人呼地中鼠为地鼠，窃出饮水，如庄子所言，李颐注以偃鼠为鼷鼠，误矣。"郝懿行《义疏》下之六云："案此鼠今呼地老鼠，产生田间，体肥而扁，

尾仅寸许，潜行地中，起土如耕。"

以上三书均言今怎么样，当系其时通行的名称，但是这里颇有疑问。犁鼠或系宋时的俗名，现在已不用，不佞忝与陆农师同乡，鲁墟到过不少回数，可以证明不误者也。邵二云亦是同府属的前辈，乾隆去今还不能算很远，可是地鼠这名字我也不知道。还有一层，照文义看去这地鼠恐有误，须改作"偃鼠"二字这才能够与"庄子所言"接得上气。绍兴却也没有偃鼠的名称，正与没有犁鼠一样，虽然有一种小老鼠俗呼隐鼠，实际上乃是鼷鼠也。

郝兰皋说的地老鼠——看来只有这个俗名是靠得住的。这或者只是登莱一带的方言，却是很明白老实，到处可以通行。我从前可惜中国不给土拨鼠起个好名字，现在找到这个地老鼠，觉得可以对付应用了。对于记录这名称留给后人的郝君我们也该表示感谢与尊敬。

二十五年一月十日记

谈油炸鬼

刘廷玑著《在园杂志》卷一有一条云：

"东坡云，谪居黄州五年，今日北行，岸上闻骡驮铎声，意亦欣然。铎声何足欣，盖久不闻而今得闻也。昌黎诗，照壁喜见蝎。蝎无可喜，盖久不见而今得见也。予由浙东观察副使奉命引见，渡黄河至王家营，见草棚下挂油炸鬼数枚。制以盐水和面，扭作两股如粗绳，长五六寸，于热油中炸成黄色，味颇佳，俗名油炸鬼。予即于马上取一枚啖之，路人及同行者无不匿笑，意以为如此鞍马仪从而乃自取自啖此物耶。殊不知予离京城赴浙省今十七年矣，一见河北风味不觉狂喜，不能自持，似与韩苏二公之意暗合也。"在园的意思我们可以了解，但说黄河以北才有油炸鬼却并不是事实。江南到处都有，绍兴在东南海滨，市中无不有麻花摊，叫卖麻花烧饼者不绝于道。范寅著《越谚》卷中饮食门云：

"麻花，即油炸桧，迄今代远，恨磨业者省工无头脸，名此。"案此言系油炸秦桧之，殆是望文生义，至同一癸音而曰鬼曰桧，则由南北语异，绍兴读鬼若举不若癸也。中国近世有馒头，其缘起说亦怪异，与油炸鬼相类，但此只是传说罢了。朝鲜权宁世编《中国四声字典》，第一七五Kuo字项下注云：

"餜Kuo，正音。油餜子，小麦粉和鸡蛋，油煎拉长的点心。油炸，餜同上。但此一语北京人悉读作Kuei音，正音则惟乡下人用之。"此说甚通，鬼桧二读盖即由餜转出。明王思任著《谑庵文饭小品》卷三《游满井记》中云：

"卖饮食者邀诃好火烧，好酒，好大饭，好果子。"所云果子即油餜子，并不是频婆林禽之流，谑庵于此多用土话，邀诃亦即吆喝，作平声读也。

乡间制麻花不曰店而曰摊，盖大抵简陋，只两高凳架木板，于其上和面搓条，傍一炉可烙烧饼，一油锅炸麻花，徒弟用长竹筷翻弄，择其黄熟者夹置铁丝笼中，有客来买时便用竹丝穿了打结递给他。做麻花的手执一小木棍，用以摊撑湿面，却时时空敲木板，嘀嗒有声调，此为麻花摊的一种特色，可以代呼声，告诉人家正在开淘有火热麻花吃也。麻花摊在早晨也兼卖粥，米粒少而汁厚，或谓其加小粉，小木知真假。平常粥价一碗三文，麻花一股二文，客取麻花折断放碗内，令盛粥其上，如《板桥家书》所说，"双手捧碗缩颈而啜之，霜晨雪早，得此周身俱暖"，代价一共只要五文钱，名曰麻花粥。又有花十二文买一包蒸羊，用鲜荷叶包了拿来，放在热粥底下，略加盐花，别有风味，名曰羊肉粥，然而价增两倍，已不是寻常百姓的吃法了。

麻花摊兼做烧饼，贴炉内烤之，俗称洞里火烧。小时候曾见一种似麻花单股而细，名曰油龙，又以小块面油炸，任其自成奇形，名曰油老鼠，皆小儿食品，价各一文，辛亥年回乡便都已不见了。面条交错作"八结"形者曰巧果，二条缠圆木上如藤蔓，炸熟木自脱去，名曰倭缠。其最简单者两股少粗，互扭如绳，长约寸许，一文一个，名油馓子。以上各物《越谚》皆失载，孙伯龙著《南通方言疏证》卷四释小食中有馓子一项，注云：

"《州志》方言，馓子，油炸环饼也。"又引《丹铅总录》等云寒具今云曰馓子。寒具是什么东西，我从前不大清楚。据《庶物异名疏》云：

"林洪《清供》云，寒具捻头也，以糯米粉和面麻油煎成，以糖食。据此乃油腻粘胶之物，故客有食寒具不濯手而污桓玄之书画者。"看这情形岂非是蜜供一类的物事乎？刘禹锡寒具诗乃云：

"纤手搓来玉数寻，碧油煎出嫩黄深，夜来春睡无轻重，压扁佳人缠臂金。"诗并不佳，取其颇能描写出寒具的模样，大抵形如北京西域斋制的奶油镯子，却用油煎一下罢了，至于和靖后人所说外面搽糖的或系另一做法，若是那么粘胶的东西，刘君恐亦未必如此说也。《和名类聚抄》引古字书云："糫饼，形如葛藤者也。"则与倭缠颇相像，巧果油馓子又与"结果"及"捻头"近似，盖此皆寒具之一，名字因形而异，前诗所咏只是似环的那一种耳。麻花摊所制各物殆多系寒具之遗，在今日亦是最平民化的食物，因为到处皆有的缘故，不见得会令人引起乡思，我只感慨为什么为著述家所舍弃，那样的不见经传。刘在园范啸风二君之记及油炸鬼真可以说是豪杰之士，我还想费些功夫翻阅近代笔记，看看有没有别的记录，只怕大家太热心于载道，无暇做这"玩物丧志"的勾当也。

附　记

尤侗著《艮斋续说》卷八云："东坡云，谪居黄州五年，今日北行，岸上闻骡驮铎声，意亦欣然，盖不闻此声久矣。韩退之诗，照壁喜见蝎，此语真不虚也。予谓二老终是宦情中热，不忘长安之梦，若我久卧江湖，鱼鸟为侣，骡马鞭铎耳所厌闻，何如欸乃一声耶。京邸多蝎，至今谈虎色变，不意退之喜之如此，蝎且不避而况于臭虫乎。"西堂此语别有理解。东坡蜀人何乐北归，退之生于昌黎，喜蝎或有可原，惟此公大热中，故亦令人疑其非是乡情而实由于宦情耳。

廿四年十月七日记于北平

补 记

张林西著《琐事闲录》正续各两卷，咸丰年刊。续编卷上有关于油炸鬼的一则云：

"油炸条面类如寒具，南北各省均食此点心，或呼果子，或呼为油胚，豫省又呼为麻糖，为油馍，即都中之油炸鬼也。鬼字不知当作何字。长晴岩观察臻云，应作桧字，当日秦桧既死，百姓怒不能释，因以面肖形炸而食之，日久其形渐脱，其音渐转，所以名为油炸鬼，语亦近似。"案此种传说各地多有，小时候曾听老妪们说过，今却出于旗员口中觉得更有意思耳。个人的意思则愿作"鬼"字解，少有奇趣，若有所怨恨乃以面肖形炸而食之，此种民族性殊不足嘉尚也。秦长脚即极恶，总比刘豫张邦昌以及张弘范较胜一筹罢，未闻有人炸吃诸人，何也？我想这骂秦桧的风气是从《说岳》及其戏文里出来的。士大夫论人物，骂秦桧也骂韩侂胄，更是可笑的事，这可见中国读书人之无是非也。

民国廿四年十二月廿八日补记

225

谜　语

民间歌谣中有一种谜语，用韵语隐射事物，儿童以及乡民多喜互猜，以角胜负。近人著《棣萼室谈虎》曾有说及云："童时喜以用物为谜，因其浅近易猜，而村妪牧竖恒有传述之作，互相夸炫，词虽鄙俚，亦间有足取者。"但他也未曾将它们著录。故人陈懋棠君为小学教师，在八年前，曾为我抄集越中小儿所说的谜语，共百七十余则；近来又见常维钧君所辑的北京谜语，有四百则以上，要算是最大的搜集了。

谜语之中，除寻常事物谜之外，还有字谜与难问等，也是同一种类。他们在文艺上是属于赋（叙事诗）的一类，因为叙事咏物说理原是赋的三方面，但是原始的制作，常具有丰富的想象，新鲜的感觉，醇璞而奇妙的联想与滑稽，所以多含诗的趣味，与后来文人的灯谜专以纤巧与双关及暗射见长者不同：谜语是原始的诗，灯谜却只是文章工场里的细工罢了。在儿童教育上谜语也有其相当的价值，一九一三年我在地方杂志上做过一篇《儿歌之研究》，关于谜语曾说过这几句话："谜语体物入微，情思奇巧，幼儿知识初启，考索推寻，足以开发其心思。且所述皆习见事物，象形疏状，深切著明，在幼稚时代，不啻一部天物志疏，言其效用，殆可比于近世所提倡之自然研究欤？"

在现代各国，谜语不过作为老妪小儿消遣之用，但在古代原始社会里却更有重大的意义。说到谜语，大抵最先想起的，便是希腊神话里的肿足王（Oidipos）的故事。人头狮身的斯芬克思（Sphinx）伏在路旁，叫路过的人猜谜，猜不着者便被他弄死。他的谜是"早晨用四只脚，中午两只脚，傍晚三只脚走的是什么？"肿足王答说这是一个人，因为幼时匍匐，老年用拐杖。斯芬克思见谜被猜着，便投身岩下把自己碰死了。《旧约》里也有两件事，参孙的谜被猜出而失败（《士师记》），所罗门王能答示巴女王的问，得到赞美与厚赠（《列王纪》上）。其次在伊思阑古书《呃达》里有两篇诗，说伐夫试路特尼耳（Vafthrudnir）给阿廷（Odin）大神猜谜，都被猜破，因此为他所克服，又亚耳微思（Alvifg）因为猜不出妥耳（Thorr）的谜，也就失败，不能得妥耳的女儿为妻。在别一篇传说里，亚斯劳格（Aslaug）受王的试验，叫她到他那里去，须是穿衣而仍是裸体，带着同伴却仍是单身，吃了却仍是空肚；她便散发覆体，牵着狗，嚼着一片蒜叶，到王那里，遂被赏识，立为王后：这正与上边的两件相反，是因为有解答难题的智慧而成功的例。

英国的民间叙事歌中间，也有许多谜歌及抗答歌（Flytings）。《猜谜的武士》里的季女因为能够解答比海更深的是什么，所以为武士所选取。别一篇说死人重来，叫他的恋人同去，或者能做几件难事，可以放免。他叫她去从地洞里取火，从石头绞出水，从没有婴孩的处女的胸前挤出乳汁来；她用火石开火，握冰柱使融化，又折断蒲公英挤出白汁，总算完成了她的工作。《妖精武士》里的主人公设了若干难问，却被女人提出更难的题目，反被克服，只能放她自由，独自逃回地下去了。

中国古史上曾说齐威王之时喜隐，淳于髡说之以隐（《史记》），又齐无盐女亦以隐见宣王（《新序》），可以算是谜语成功的记录。小说戏剧中这类的例也常遇见，如《今古奇观》里的《李谪仙醉草吓蛮书》，那是解答难题的变相。朝鲜传说，在新罗时代（中国唐代）中国将一只白玉箱送去，叫他们猜箱中是什么东西，借此试探国人的能力。崔致远写了一首诗作答云："团团玉函里，半玉半黄金。夜夜知时鸟，含精未吐音。"箱中本来是个鸡卵，中途孵化，却已经死了（据三轮环编《传说之朝鲜》）。难题已被解答，中国知道朝鲜还有人才，自然便不去想侵略朝鲜了。

以上所引故事，都足以证明在人间意识上的谜语的重要，谜语解答的能否，于个人有极大的关系，生命自由与幸福之存亡往往因此而定。这奇异的事情却并非偶然的类似，其中颇有意义可以寻讨。据英国贝林戈尔特（Baring Gould）在《奇异的遗迹》中的研究，在有史前的社会里谜语大约是一种智力测量的标准，裁判人的运命的指针。古人及野蛮部落都是实行择种留良的，他们见有残废衰弱不适于人生战斗的儿童，大抵都弃舍了；这虽然是专以体质的根据，但我们推想或者也有以智力为根据的。谜语有左右人的运命的能力，可以说即是这件事的反影。这样的脑力的决斗，事实上还有正面的证明，据说十三世纪初德国曾经行过歌人的竞技，其败于猜谜答歌的人即执行死刑，十四世纪中有《华忒堡之战》（*Kries von Wartburg*）一诗纪其事。贝林戈尔特说："基督教的武士与夫人们能够（冷淡的）看着性命交关的比武，而且基督教的武士与夫人们在十四世纪对于不能解答谜语的人应当把他的颈子去受刽子手的刀的事，并不觉得什么奇怪。这样的思想状态，只能认作古代的一种遗迹，才可以讲得过去——在那时候，人要生活在同类中间，须是证明他具有智力上的以及体质上的资格。"这虽然只是假说，但颇能说明许多关于谜语的疑问，于我们涉猎或采集歌谣的人也可以作参考之用，至于各国文人的谜原是游戏之作，当然在这个问题以外了。

玩 具

　　一九一一年德国特勒思登地方开博览会，日本陈列的玩具一部分，凡古来流传者六十九，新出者九，共七十八件，在当时颇受赏识，后来由京都的芸草堂用着色木板印成图谱，名《日本玩具集》，虽然不及清水晴风的《稚子之友》的完美，但也尽足使人怡悦了。玩具本来是儿童本位的，是儿童在"自然"这学校里所用的教科书与用具，在教育家很有客观研究的价值，但在我们平常人也觉得很有趣味，这可以称作玩具之骨董的趣味。

　　大抵玩骨董的人，有两种特别注重之点，一是古旧，二是希奇。这不是正当的态度，因为他所重的是骨董本身以外的事情，正如注意于恋人的门第产业而忘却人物的本体一样。所以真是玩骨董的人是爱那骨董本身，那不值钱，没有用，极平凡的东西。收藏家与考订家以外还有一种赏鉴家的态度，超越功利问题，只凭了趣味的判断，寻求享乐，这才是我所说的骨董家，其所以与艺术家不同者，只在没有那样深厚的知识罢了。他爱艺术品，爱历史遗物，民间工艺，以及玩具之类，或自然物如木叶贝壳亦无不爱。这些人称作骨董家，或者还不如称之曰好事家（Dilettante）更为适切：这个名称虽然似乎不很尊重，但我觉得这种态度是很好的，在这博大的沙漠似的中国至少是必要的，因为仙人掌似的外粗粝而内腴润的生活是我们惟一的路，即使近于现在为世诟病的隐逸。

玩具是做给小孩玩的，然而大人也未始不可以玩；玩具是为小孩而做的，但因此也可以看出大人们的思想。我们知道很有许多爱玩具的大人。我常听祖父说唐家的姑丈在书桌上摆着几尊"烂泥菩萨"，还有一碟"夜糖"（一名圆眼糖，形似龙眼故名），叫儿子们念书十遍可吃一颗，但小孩迫不及待，往往偷偷的拿起舐一下，重复放在碟子里。这唐家的老头子相貌奇古，大家替他起有一个可笑的诨名，但我听了这段故事，觉得他虽然可笑也是颇可爱的。法兰西（France）的极有趣味的文集里，有一篇批评比国勒蒙尼尔所著《玩具的喜剧》的文章，他说："我今天发现他时常拿了儿童的玩具娱乐自己，这个趣味引起我对于他的新的同情。我是他的赞成者，因为他的那玩具之诗的解释，又因为他有那神秘的意味。"后来又说，一个小孩在桌上排列他的铅兵，与学者在博物馆整理雕像，没有什么大差异。"两者的原理正是一样的。抓住了他的玩具的顽童，便是一个审美家了。"我们如能对于一件玩具，正如对着雕像或别的美术品一样，发起一种近于那顽童所有的心情，我们内面的生活便可以丰富许多，孝子传里的老莱子彩衣弄雏，要是非不为着娱亲，我相信是最可羡慕的生活了！

日本现代的玩具，据那集上所录，也并不贫弱，但天沼匏村在《玩具之话》第二章中很表示不满说："实在，日本人对于玩具颇是冷淡。极言之，便是被说对于儿童漠不关心，也没有法子。第一是看不起玩具。即在批评事物的时候，常说，这是什么，像玩具似的东西！又常常说，本来又不是小孩（为什玩这样的东西）。"我回过来看中国，却又怎样呢？虽然老莱子弄雏，《帝城景物略》说及陀螺空钟，《宾退录》引路德延的《孩儿诗》五十韵，有"折竹装泥燕，添丝放纸鸢"等语，可以作玩具的史实的资料，但就实际说来，不能不说是更贫弱了。据个人的回忆，我在儿时不曾弄过什么好的玩具，至少也没有中意的东西，留下较深的印象。北京要算是比较的最能做玩具的地方，但真是固有而且略好的东西也极少见。我在庙会上见有泥及铅制的食器什物颇是精美，其余只有空钟（与《景物略》中所说不同）等还可玩弄，想要凑足十件便很不容易了。中国缺少各种人形玩具，这是第一可惜的事。在国语里几乎没有这个名词，南方的"洋囡囡"同洋灯洋火一样的不适用。须勒格耳博士说东亚的人形玩具，始于荷兰的输入，这在中国大约是确实的：即此一事，尽足证明中国对于玩具的冷淡了。玩具虽不限于人形，但总以人形为大宗，这个损失决不是很微小的，在教育家固然应大加慨叹，便是我们好事家也觉得很是失望。

再论吃茶

郝懿行《证俗文》一云：

"考茗饮之法始于汉末，而已萌芽于前汉，然其饮法未闻，或曰为饼咀食之，逮东汉末蜀吴之人始造茗饮。"据《世说》云："王濛好茶，人至辄饮之，士大夫甚以为苦，每欲候濛，必云今日有水厄。"又《洛阳伽蓝记》说王肃归魏住洛阳初不食羊肉及酪浆等物，常饭鲫鱼羹，渴饮茗汁，京师士子见肃一饮一斗，号为漏卮。后来虽然王肃习于胡俗，至于说茗不中与酪作奴，又因彭城王的嘲戏，"自是朝贵宴会虽设茗饮，皆耻不复食，惟江表残民远来降者好之"，但因此可见六朝时南方吃茶的嗜好很是普遍，而且所吃的分量也很多。到了唐朝统一南北，这个风气遂大发达，有陆羽卢仝等人可以作证，不过那时的茶大约有点近于西人所吃的红茶或咖啡，与后世的清茶相去颇远。明田艺衡《煮泉小品》云：

"唐人煎茶多用姜盐，故鸿渐云，初沸水合量，调之以盐味，薛能诗，盐损添常戒，姜宜着更夸。苏子瞻以为茶之中等用姜煎信佳，盐则不可。余则以为二物皆水厄也，若山居饮水，少下二物以减岚气，或可耳，而有茶则此固无须也。至于今人荐茶类下茶果，此尤近俗，是纵佳者，能损真味，亦宜去之。且下果则必用匙，若金银大非山居之器，而铜又生腥，皆不可也。若旧称北人和以酥酪，蜀人入以白盐，此皆蛮饮，固不足责。人有以梅花菊花茉莉花荐茶者，虽风韵可赏，亦损茶味，如有佳茶亦无事此。"此言甚为清茶张目，其所根据盖在自然一点，如下文即很明了地表示此意：

"茶之团者片者皆出于碾硙之末，既损真味，复加油垢，即非佳品，总不若今之芽茶也，盖天真者自胜耳。芽茶以火作者为次，生晒者为上，亦更近自然，且断烟火气耳。"谢肇淛《五杂组》十一亦有两则云：

"古人造茶，多春令细，末而蒸之，唐诗家僮隔竹敲茶臼是也。至宋始用碾，揉而焙之则自本朝（案明朝）始也。但揉者恐不若细末之耐藏耳。

"《文献通考》，茗有片有散。片者即龙团旧法，散者则不蒸而干之，如今之茶也。始知南渡之后茶渐以不蒸为贵矣。"清乾隆时茹敦和著《越言释》二卷，有撮泡茶一条，撮泡茶者即叶茶，撮茶叶入盖碗中而泡之也，其文云：

"《诗》云荼苦，《尔雅》苦荼，荼者茶之减笔字前人已言之，今不复赘。茶理精于唐，茶事盛于宋，要无所谓撮泡茶者。今之撮泡茶或不知其所自，然在宋时有之，且自吾越人始之。案炒青之名已见于陆诗，而放翁《安国院试茶》之作有曰，我是江南桑苎家，汲泉闲品故园茶，只应碧缶苍鹰爪，可压红囊白雪芽。其自注曰，日铸以小瓶蜡纸，丹印封之，顾渚贮以红蓝缣囊，皆有岁贡。小瓶蜡纸至今犹然，日铸则越茶矣。不团不饼，而曰炒青曰苍龙爪，则撮泡矣。是撮泡者对硙茶言之也。又古者茶必有点。无论其为硙茶为撮泡茶，必择一二佳果点之，谓之点茶。

点茶者必于茶器正中处，故又谓之点心。此极是煞风景事，然里俗以此为恭敬，断不可少。岭南人往往用糖梅，吾越则好用红姜片子，他如莲荫榛仁，无所不可。其后杂用果色，盈杯溢盏，略以瓯茶注之，谓之果子茶，已失点茶之旧矣。渐至盛筵贵客，累果高至尺余，又复雕鸾刻凤，缀绿攒红以为之饰，一茶之值乃至数金，谓之高茶，叮观而不可食，虽名为茶，实与茶风马牛。又有从而反之者，聚诸干糇烂煮之，和以糖蜜，谓之原汁茶，可以食矣，食竟则摩腹而起，盖疗饥之上药，非止渴之本谋，其于茶亦了无干涉也。他若莲子茶龙眼茶种种诸名色相沿成故，而种种糕餐饼饵皆名之为茶食，尤为可笑。由是撮泡之茶遂至为世垢病，凡事以费钱为贵耳，虽茶亦然，何必雅人深致哉。又江广间有礶茶，是姜盐煎茶遗制，尚存古意，未可与越人之高茶原汁茶同类而讥之。"王侃著《巴山七种》，同治乙丑刻，其第五种曰"江州笔谈"，卷上有一则云：

"乾隆嘉庆间宦家宴客，自客至及入席时，以换茶多寡别礼之隆杀。其点茶花果相间，盐渍蜜渍以不失色香味为贵，春不尚兰，秋不尚桂，诸果亦然，大者用片，小者去核，空其中，均以镂刻争胜，有若为饤盘者，皆闺秀事也。茶匙用金银，托盘或银或铜，皆錾细花，髹漆皮盘则描金细花，盘之颜色式样人人各异，其中托碗处围圈高起一分，以约碗底，如托酒盏之护衣碟子。茶每至，主人捧盘递客，客起接盘自置于几。席罢乃啜叶茶一碗而散，主人不亲递也。今自客至及席罢皆用叶茶，言及换茶人多不解。又今之茶托子绝不见如舟如梧橐鄂者。事物之随时而变如此。"

予生也晚，已在马江战役之后，几时有所见闻亦已后于栖清山人者将三十年了。但乡曲之间有时尚存古礼，原汁茶之名虽不曾听说，高茶则屡见，有时极精巧，多至五七层，状如浮图，叠灯草为栏干，染芝麻砌作种种花样，中列人物演故事，不过今不以供客，只用作新年祖像前陈设耳。因高茶而联想到的则有高果，旧日结婚祭祀时必用之，下为锡碗，其上立竹片，缚诸果高一尺许，大抵用荸荠金橘等物，而令人最不能忘记的却是甘蔗这一种，因为上边有"甘蔗菩萨"，以带皮红甘蔗削片，略加刻画，穿插成人物，甚古拙有趣，小时候分得此菩萨一尊，比有甘蔗吃更喜欢也。莲子等茶极常见，大概以莲子为最普通，杏酪龙眼为贵，芡栗已平凡，百合与扁豆茶则卑下矣。凡待客以结婚时宴"亲送"舅爷为最隆重，用三道茶，即杏酪莲子及叶茶，平常亲戚往来则叶茶之外亦设一果子茶，十九皆用莲子。范寅《越谚》卷中饮食门下，有茶料一条，注曰："母以莲栗枣糖遗出嫁女，名此。"又酾茶一条注曰："新妇煮莲栗枣，遍奉夫家戚族尊长卑幼，名此，又谓之喜茶。"此风至今犹存，即平日往来馈送用提合，亦多以莲子白糖充数，儿童入书房拜蒙师，以茶盅若干副分装莲子白糖为礼，师照例可全收，似向来酾茶系致敬礼。此所谓茶又即是果子茶，为便利计乃用茶料充之，而茶料则以莲糖为之代表也。点茶用花今亦有之，惟不用鲜花临时冲入，改而为窨，取桂花茉莉珠兰等和茶叶中，密封待用。果已少用，但尚存橄榄一种，俗称元宝茶，新年入茶店多饮之取利市，色香均不恶，与茶尚不甚相忤，至于姜片等则未见有人用过。越中有一种茶盅，高约一寸许，口径二寸，有盖，与茶杯茶碗茶缸异，盖专以盛果子茶者，别有旧式者以银皮为里，外面系红木，近已少见，现所有者大抵皆陶制也。

茶本是树的叶子，摘来瀹汁喝喝，似乎是颇简单的事，事实却并不然。自吴至南宋将一千年，始由团片而用叶茶，至明大抵不入姜盐矣，然而点茶下花果，至今不尽改，若又变而为果羹，则几乎将与酪竞爽了。岂酾茶致敬，以叶茶为太清淡，改用果饵，茶终非吃不可，抑或留恋千古昔之膏香盐味，故仍于其中杂投华实，尝取浓厚的味道乎？均未可知也。南方虽另有果茶，但在茶店凭栏所饮的一碗碗的清茶却是道地的苦茗，即俗所谓龙井，自农工以至老相公盖无不如此，而北方民众多嗜香片，以双窨为贵，此则犹有古风存焉。不佞食酪而亦吃茶，茶常而酪不可常，故酪疏而茶亲，惟亦未必平反旧案，主茶而奴酪耳，此二者盖牛羊与草木之别，人性各有所近，其在不佞则少喜草木之类也。

二十三年五月

附　记

大义汪氏《大宗祠祭规》，嘉庆七年刊，有汪龙庄序，其《祭器祭品式》一篇中云大厅中堂用水果五碗，注曰高尺三，神座前及大厅东西座各用水果五碗，注曰高一尺。案此即高果，萧山风俗盖与郡城同，但《越谚》中高果却失载不知何也。

爆　竹

读蔼理斯的《人生之舞蹈》（Havelock Ellist, *The Dance of Life*，1923），第一章里有这样的一节话：

"中国人的性格及其文明里之游戏的性质，无论只是远望或接近中国的人，都是知道的。向来有人说，中国人发明火药远在欧洲人之前，但除了做花炮之外别无用处。这在西方看来似乎是一个大谬误，把火药的贵重的用处埋没了；直到近来才有一个欧洲人敢于指出'火药的正当用处显然是在于做花炮，造出很美丽的东西，而并不在于杀人'。总之，中国人的确能够完全了解火药的这个正当用处。我们听说，'中国人的最明显的特性之一是欢喜花炮'。那最庄重的人民和这最明智的都忙着弄花炮；倘若柏格森著作——里边很多花炮的隐喻——翻译成中国文，我们可以相信，中国会得产出许多热心的柏格森派来呢。"

火药正当用处在于做花炮，喜欢花炮是一种好脾气，我也是这样想，只可惜中国人所喜欢不是花炮而是爆竹——即进一步说，喜欢爆竹也是好的，不幸中国人只喜欢敬神（或是赶鬼）而并不喜欢爆竹。空中丝丝的火花，点点的赤光，或是砰訇的声音，是很可以享乐的，然而在中国人却是没有东西，他是耳无闻目无见的只在那里机械的举行祭神的仪式罢了。中国人的特性是麻木，燃放爆竹是其特征。只有小孩子还没有麻木透顶，其行为少有不同，他们放花炮——虽然不久也将跟大人学坏了，此时却是真心的赏鉴那"很美丽的东西"，足以当得蔼理斯的推奖的话。这种游戏的分子才应充分保存，使生活充实而且愉快，至于什么接财神用的"凤尾鞭一万头"——去你的罢！

花炮的趣味，在中国人里边可以说是已经失掉了，只是"热心的柏格森派"——以及王学家确是不少，这个预言蔼理斯总算说着了。

甲子年立春日，听了一夜的爆竹声之后，于北京记

以上是一篇旧作杂感，题名是《花炮的趣味》，现在拿出来看，觉得这两年之内有好些改变，柏格森派与王学家早已不大听见了，但爆竹还是仍旧。我昨天"听了一夜的爆竹声"，不禁引起两年前的感慨。中国人的生活里充满着迷信、利己、麻木，在北京市民彻夜燃放那惊人而赶鬼的爆竹的一件事上可以看出，而且这力量又这样大，连军警当局都禁止不住。我又不禁感到一九二一年所作《中国人的悲哀》诗中的怨恨：

"我睡在家里的时候，

他又在墙外的他家院子里，

放起双响的爆竹来了。"

关于送灶

翻阅历书，看出今天已是旧历癸未十二月二十三日，便想起祭灶的事来。案明冯应京《月令广义》云：

"燕俗，图灶神锓于木，以纸印之，曰灶马，士民竞鬻，以腊月二十四日焚之，为送灶上天。别具小糖饼奉灶君，具黑豆寸草为秣马具，合家少长罗拜，祝曰，辛甘臭辣，灶君莫言。至次年元旦，又具如前，为迎灶。"刘侗《帝京景物略》云：

"二十四日以糖剂饼黍糕枣栗胡桃炒豆祀灶君，以槽草秣灶君马。谓灶君翌日朝天去，白家间一岁事，祝曰，好多说，不好少说。记称灶老妇之祭，今男子祭，禁不令妇女见之。祀余糖果，禁幼女不得令啖，曰，啖灶余则食肥腻时口圈黑也。"《日下旧闻考》案语乃云：

"京师居民祀灶犹仍旧俗，禁妇女主祭，家无男子，或迎邻里代焉。其祀期用二十三日，惟南省客户则用二十四日，如刘侗所称焉。"敦崇《燕京岁时记》云：

"二十三日祭灶，古用黄羊，近闻内廷尚用之，民间不见用也。民间祭灶惟用南糖关东糖糖饼及清水草豆而已，糖者所以祀神也，清水草豆者所以祀神马也。祭毕之后，将神像揭下，与千张元宝等一并焚之，至除夕接神时再行奉。是日鞭炮极多，俗谓之小年下。"震钧《天咫偶闻》，让廉《京都风俗志》均云二十三日送灶，惟《志》又云，祭时男子先拜，妇女次之，则似女不祭灶之禁已不实行矣。

南省的送灶风俗，顾禄《清嘉录》所记最为详明，可作为代表，其文云：

"俗呼腊月二十四夜为廿四夜，是夜送灶，谓之送灶界。比户以胶牙饧祀之，俗称糖元宝，又以米粉裹豆沙馅为饵，名曰谢灶团。祭时妇女不得预。先期僧尼分贻檀越灶经，至是填写姓氏，焚化禳灾，篝灯载灶马，穿竹箸作杠，为灶神之轿，畀神上天，焚送门外，火光如昼，拨灰中篝盘未烬者还纳灶中，谓之接元宝。稻草寸断，和青豆为神秣马具，撒屋顶，俗呼马料豆，以其余食之眼亮。"这里最特别的有神轿，与北京不同，所谓篝灯即是善富，同书云：

"厨下灯檠，乡人削竹成之，俗名灯挂。买必以双，相传灯盘底之凹者为雌，凸者为雄。居人既买新者，则以旧灯糊红纸，供送灶之用，谓之善富。"《武林新年杂咏》中有《善富灯》一题，小序云：

"以竹为之，旧避灯盏盏字音，锡名燃釜，后又为吉号曰善富。买必取双，俗以环柄微裂者为雌善富，否者为公善富。腊月送灶司，则取旧灯载印马，穿细薪作杠，举火望燎曰，灶司乘轿上天矣。"越中亦竹灯檠为轿，名曰各富，虽名义未详，但可知燃釜之解释殆不可凭。各富状如小儿所坐高椅，高约六七寸，背半圆形即上文所云环柄，以便挂于壁间，故有灯挂之名。中间有灯盘，以竹连节如杯盏处劈取其半，横穿斜置，以受灯盏之油滴，盏用瓦制者，置檠上，与锡瓦灯台相同。小时候尚见菜油灯，惟已不用竹灯檠，故各富须于年末买新者用之，亦不闻有雌雄之说，但拾簪盘余烬纳灶中，此俗尚存，至日期乃为二十三日，又男女以次礼拜，均与吴中殊异。俗传二十三日平民送灶，堕贫则用二十四日，堕贫者越中贱民，民国后虽无此禁，仍不与齐民伍，但亦不知究竟真是二十四日否也。厉秀芳《真州竹枝词引》云：

"二十三四日送灶，卫籍与民籍分两日，俗所谓军三民四也。"无名氏《韵轩鹤杂著》卷下有《书茶膏阿五事》一篇，记阿五在元妙观前所谈，其一则云：

"一日者余偶至观，见环而集者数十百人，寂寂如听号令。膏忽大言曰，有人戏嘲其友曰，闻君家以腊月廿五祀灶，有之乎？友曰，有之，先祖本用廿七，先父用廿六，及仆始用廿五，儿辈已用廿四，孙辈将用廿三矣。闻者绝倒。余心惊之，盖因俗有官三民四，乌龟廿五之说也。"杂著笔谈各二卷，总名《皆大欢喜》，道光元年刊行，盖与顾铁卿之《清嘉录》差不多正是同时代也。

送灶所供食物，据记录似均系糖果素食，越中则用特鸡，虽然八月初三灶司生日以蔬食作供，又每月朔望设祭亦多不用荤，不知于祖饯时以如此盛设，岂亦是不好少说之意耶。祭毕，仆人摘取鸡舌，并马料豆同撒厨屋之上，谓来年可无口舌。顾张思《土风录》卷一祀灶下引《白虎通》云，"祭灶以鸡"，又东坡《纵笔》云，"明日东家应祭灶，只鸡斗酒定燔吾"。似古时用鸡极为普通，又范石湖《祭灶》云，"猪头烂肉双鱼鲜，则更益丰盛矣"。灶君像多用木刻墨印，五彩著色，大家则用红纸销金，如《新年杂咏注》所云者，"灶君之外尚列多人，盖其眷属也"。《通俗编》引《五经通义》谓灶神姓苏，名吉列，或云姓张，名单，字子郭，其妇姓王，名搏颊，字卿忌。《酉阳杂俎》谓神名隗，一字壤子，有六女，皆名察洽。此种调查不知从何处得来，但姑妄听之，亦尚有趣，若必信其姓张而不姓苏，大有与之联宗之意，则未免近于村学究，自可不必耳。

关于灶的形式，最早的自然只有明器可考，如罗氏《明器图录》，滨田氏《古明器图说》所载，都是汉代的作品，大抵是长方形，上有二釜，一头生火，对面出烟，看这情形似乎别无可以供奉灶君的地方。现今在北京所看见的灶虽多是一两面靠墙，可是也无神座，至多墙上可以贴神马，罗列祭具的地位却还是没有。越中的灶较为复杂，恰好在汪辉祖《善俗书》中有一节说得很得要领，可以借抄。这是汪氏任湖南宁远知县时所作，其第四十二则曰《用鼎锅不如设灶》，有小引云，宁俗家不设灶，一切饮食皆悬鼎锅以炊，饭熟另鼎煮菜，兄弟多者娶妇则授以鼎锅，听其别炊。文中劝人废鼎用灶，记造灶之法云：

"余家于越，炊爨以柴以草，宁远亦然，是越灶之法宁邑可通也。越中居人皆有灶舍，其灶约高二尺五六寸，宽二尺余，长六尺八尺不等。灶面著墙处，墙中留一小孔，以泄洗碗洗灶之水。设灶口三，安锅三口，小锅径宽一尺四寸，中锅径宽一尺六寸或一尺八寸，大锅径宽二尺或二尺二寸。于两锅相隔处旁留一孔，安砂锅一曰汤罐，三锅灶可按两汤罐，中人之家大概只用两锅灶。尺四之锅容米三升，如止食十余人，则尺六尺八一锅已足。锅用木盖，约高二尺，上狭下广。入米于锅，米上余水二三指，水干则饭熟矣。以薄竹编架，横置水面，肉汤菜饮之类，皆可蒸于架上，一架不足，则碗上再添一架，下架蒸生物，上架温熟物，饭熟之后少延片时，揭盖则生者熟，熟者温，饭与菜俱可吃，而汤罐之水可供洗涤之用，便莫甚焉。锅之外置石板一条，上砌砖块，曰灶梁，约高二尺余，宽一尺余，著墙处可奉灶神，余置碗盘等物。梁下为灶门，灶门之外拦以石条，曰灰床，饭熟则出灰于床，将满则迁之他处。灶神之后墙上盘砖为突，高于屋檐尺许，虚其中以出烟，曰烟怱，怱之半留一砖，可以启闭，积烟成煤，则启砖而扫去之，以防火患，法亦慎密。"这里说奉灶神处似可少为补充，云靠墙为烟突，就烟突与灶梁上边平面成直角处作小舍，为灶王殿，高尺许，削砖为柱，半瓦作屋檐而已。舍前平面约高与人齐，即用作供几，又一段少低，则置烛台香炉，右侧向锅处中虚，如汪君言可置盘碗，左侧石板上悬，引烟入突，下即灰床，李光庭《乡言解颐》卷四庖厨十事之一为煤炉，小引云：

"乡用柴灶，京用煤灶。煤灶曰炉台，柴灶曰锅台，距地不及二尺，烹饪者须屈身，故久于厨役有致驼背者，今亦为小高灶，然终不若煤炉之便捷也。"李氏宝坻县人，所言足以代表北方情状，主张鼎烹，与汪氏之大锅饭菜异。大抵二者各有所宜，大灶惟大家庭合用，越中小户单门亦只以风炉扛灶供烹饪，不悉用双眼灶也。

民国三十三年一月十八日，在北京所写

七 夕

　　杭董浦著《订讹类编》卷五天文讹中，有七夕牛女相会不足信一条，引《学林新编》所论，历举《淮南子》《荆楚岁时记》周处《风土记》各说，皆怪诞不足信，子美诗曰，万古永相望，七夕谁见同，亦不取世俗说也。杭氏加案云："案《齐谐记》亦载渡河事，《艺苑雌黄》辨其无此事亦引杜诗正之。杜公瞻注晋傅玄《拟天问》，亦谓此出流俗小说，寻之经史，未有典据。又《岁时记》引纬书云："牵牛娶织女，取天帝二万钱下礼，久不还，被驱在营室，此说更属无稽。"查陈元靓《岁时广记》，七夕一项至占三卷，《学林》《艺苑雌黄》《拟天问》注各条均在，略阅所征引杂书，似七夕之祭以唐宋时为最盛，以后则行事渐微而以传说为主矣。吾乡无七夕之称，只云七月七，是日妇女取木槿叶揉汁洗发，儿童汲井水置露天，次日投针水面，映日视其影以为占卜，曰丢巧针。市上卖巧果为寻常茶食之一，《越谚》卷中云："七夕油炸粉果，样巧味脆，即乞巧遗意。"此种传说，如以理智批判，多有说诳分子，学者凭惟理主义加以辨正，古今中外常有之，惟若以诗论，则亦自有其佳趣。谭仲修《复堂日记补录》，同治二年七月下云："初七日晚内子陈瓜果以祀天孙，千古有此一种传闻旧说，亦复佳耳。"此意甚好，其实不信牛女相会实有其事，原与董浦诸公一样，但他不过于认真，即是能把诗与真分别得清，故知七夕传说之趣味，若或牵涉现实而又不能祸世，即同一类型的故事如河伯娶妇，谭君亦必不能忍耐矣。

中秋的月亮

敦礼臣著《燕京岁时记》云："京师之曰八月节者，即中秋也。每届中秋，府第朱门皆以月饼果品相馈赠，至十五月圆时，陈瓜果于庭以供月，并祀以毛豆鸡冠花。是时也，皓魄当空，彩云初散，传杯洗盏，儿女喧哗，真所谓佳节也。惟供月时，男子多不叩拜，故京师谚曰，男不拜月，女不祭灶。"此记作于四十年前，至今风俗似无甚变更，虽民生凋敝，百物较二年前超过五倍，但中秋吃月饼恐怕还不肯放弃，至于赏月则未必有此兴趣了罢。本来举杯邀月这只是文人的雅兴，秋高气爽，月色分外光明，更觉得有意思，特别定这日为佳节，若在民间不见得有多大兴味，大抵就是算账要紧，月饼尚在其次。其回想乡间一般对于月亮的意见，觉得这与文人学者的颇不相同。普通称月曰月亮婆婆，中秋供素月饼水果及老南瓜，又凉水一碗，妇孺拜毕，以指蘸水涂目，祝曰眼目清凉。相信月中有娑婆树，中秋夜有一枝落下人间，此亦似即所谓月华，但不幸如落在人身上，必成奇疾，或头大如斗，必须劈开，乃能取出宝物也。月亮在天文中本是一种怪物，忽圆忽缺，诸多变异，潮水受它的呼唤，古人又相信其与女人生活有关。更奇的是与精神病者也有微妙的关系，拉丁文便称此病曰月光病，仿佛与日射病可以对比似的。这说法现代医家当然是不承认了，但是我还有点相信，不是说其间隔发作的类似，实在觉得月亮有其可怕的一面，患怔忡的人见了会生影响，正是可能的事罢。好多年前夜间从东城口家来，路上望见在昏黑的天上，挂着一钩深黄的残月，看去很是凄惨，我想我们现代都市人尚且如此感觉，古时原始生活的人当更如何？住在岩窟之下，遇见这种情景，听着豺狼嗥叫，夜鸟飞鸣，大约没有什么好的心情——不，即使并无这些禽兽骚扰，单是那月亮的威吓也就够了，它简直是一个妖怪，别的种种异物喜欢在月夜出现，这也只是风云之会，不过跑龙套罢了。等到月亮渐渐的圆了起来，它的形象也渐和善了，望前后的三天光景几乎是一位富翁的脸，难怪能够得到许多人的喜悦，可是总是有一股冷气，无论如何还是去不掉的。只恐"琼楼玉宇，高处不胜寒"，东坡这句词很能写出明月的精神来，向来传说的忠爱之意究竟是否寄托在内，现在不关重要，可以姑且不谈。总之我于赏月无甚趣味，赏雪赏雨也是一样，因为对于自然还是畏过于爱，自己不敢相信已能克服了自然，所以有些文明人的享乐是于我颇少缘分的。中秋的意义，在我个人看来，吃月饼之重要殆过于看月亮，而还账又过于吃月饼，然则我诚犹未免为乡人也。

吃　菜

　　偶然看书讲到民间邪教的地方，总常有吃菜事魔等字样。吃菜大约就是素食，事魔是什么事呢？总是服侍什么魔王之类罢，我们知道希腊诸神到了基督教世界多转变为魔，那么魔有些原来也是有身份的，并不一定怎么邪曲，不过随便地事也本可不必，虽然光是吃菜未始不可以，而且说起来我也还有点赞成。本来草的茎叶根实只要无毒都可以吃，又因为有维他命某，不但充饥还可养生，这是普通人所熟知的，至于专门的或有宗旨的吃，那便有点儿不同，仿佛是一种主义，现在我所想要说的就是这种吃菜主义。

　　吃菜主义似乎可以分作两类。第一类是道德的。

这派的人并不是不吃肉，只是多吃菜，其原因大约是由于崇尚素朴清淡的生活。孔子云，"饭疏食，饮水，曲肱而枕之，乐亦在其中矣"，可以说是这派的祖师。《南齐书·周颙传》云："颙清贫寡欲，终日长蔬食。文惠太子问颙菜食何味最胜，颙曰，春初早韭，秋末晚菘。"黄山谷题画菜云："不可使士大夫不知此味，不可使天下之民有此色。"——当作文章来看实在不很高明，大有帖括的意味，但如算作这派提倡咬菜根的标语却是颇得要领的。李笠翁在《闲情偶寄》卷五说：

　　"声音之道，丝不如竹，竹不如肉，为其渐近自然，吾谓饮食之道，脍不如肉，肉不如蔬，亦以其渐近自然也。草衣木食，上古之风，人能疏远肥腻，食蔬蕨而甘之，腹中菜园不使羊来踏破，是犹作羲皇之民，鼓唐虞之腹，与崇尚古玩同一致也。所怪于世者，弃美名不居，而故异端其说，谓佛法如是，是则谬矣。吾辑《饮撰》一卷，后肉食而首蔬菜，一以崇俭，一以复古，至重宰割而惜生命，又其念兹在兹而不忍或忘者矣。"笠翁照例有他的妙语，这里也是如此，说得很是清脆，虽然照文化史上讲来吃肉该在吃菜之先，不过笠翁不及知道，而且他又那里会来斤斤的考究这些事情呢。

吃菜主义之二是宗教的，普通多是根据佛法，即笠翁所谓异端其说者也。我觉得这两类显有不同之点，其一吃菜只是吃菜，其二吃菜乃是不食肉，笠翁上文说得蛮好，而下面所说念兹在兹的却又混到这边来，不免与佛法发生纠葛了。小乘律有杀戒而不戒食肉，盖杀生而食已在戒中，惟自死鸟残等肉仍在不禁之列，至大乘律始明定食肉戒，如《梵网经》菩萨戒中所举，其辞曰：

"若佛子故食肉——一切众生肉不得食：夫食肉者断大慈悲佛性种子，一切众生见而舍去。是故一切菩萨不得食一切众生肉，食肉得无量罪——若故食者，犯轻垢罪。"贤首疏云："轻垢者，简前重戒，是以名轻，简异无犯，故亦名垢。又释，渎汗清净行名垢，礼非重过称轻。"因为这里没有把杀生算在内，所以算是轻戒，但话虽如此，据《目莲问罪报经》所说，犯突吉罗众学戒罪，如四天王寿，五百岁堕泥犁中，于人间数九百千岁，此堕等活地狱，人间五十年为天一昼夜，可见还是不得了也。

我读《日约·利未记》，再看大小乘律，觉得其中所说的话要合理得多，而上边食肉戒的措辞我尤为喜欢，实在明智通达，古今莫及。《入楞伽经》所论虽然详细，但仍多为粗恶凡人说法，道世在《诸经要集》中酒肉部所述亦复如是，不要说别人了。后来讲戒杀的大抵偏重因果一端，写得较好的还是莲池的《放生文》和周安士的《万善先资》，文字还有可取，其次《好生救劫编》《卫生集》等，自郐以下更可以不论，里边的意思总都是人吃了虾米再变虾米去还吃这一套，虽然也好玩，难免是幼稚了。我以为菜食是为了不食肉，不食肉是为了不杀生，这是对的，再说为什么不杀生，那么这个解释我想还是说不欲断大慈悲佛性种子最为得体，别的总说的支离。众生有一人不得度的时候自己决不先得度，这固然是大乘菩萨的弘愿，但凡夫到了中年，往往会看轻自己的生命而尊重人家的，并不是怎么奇特的现象。难道肉体渐近老衰，精神也就与宗教接近么？未必然，这种态度有的从宗教出，有的也会从惟物论出的。或者有人疑心惟物论者一定是主张强食弱肉的，却不知道也可以成为大慈悲宗，好像是《安士全书》信者，所不同的他是本于理性，没有人吃虾米那些律例而已。

据我看来，吃菜亦复佳，但也以中庸为妙，赤米白盐绿葵紫蓼之外，偶然也不妨少进三净肉，如要讲净素已不容易，再要彻底便有碰壁的危险。《南齐书·孝义传》纪江泌事，说他"食菜不食心，以其有生意也"，觉得这件事很有风趣，但是离彻底总还远呢。英国柏忒勒（Samuel Butler）所著《有何无之乡游记》（*Erewhon*）中第二十六七章叙述一件很妙的故事，前章题曰"动物权"，说古代有哲人主张动物的生存权，人民实行菜食，当初许可吃牛乳鸡蛋，后来觉得挤牛乳有损于小牛，鸡蛋也是一条可能的生命，所以都禁了，但陈鸡蛋还勉强可以使用，只要经过检查，证明确已陈年臭坏了，贴上一张"三个月以前所生"的查票，就可发卖。次章题曰"植物权"，已是六七百年过后的事了，那时又出了一个哲学家，他用实验证明植物也同动物一样的有生命，所以也不能吃，据他的意思，人可以吃的只有那些自死的植物，例如落在地上将要腐烂的果子，或在深秋变黄了的菜叶。他说只有这些同样的废物人们可以吃了于心无愧。"即使如此，吃的人还应该把所吃的苹果或梨的核，杏核，樱桃核及其他，都种在土里，不然他就将犯了堕胎之罪。至于五谷，据他说那是全然不成，因为每颗谷都有一个灵魂像人一样，他也自有其同样地要求安全之权利。"结果是大家不能不承认他的理论，但是又苦干难以实行，逼得没法了便索性开了荤，仍旧吃起猪排牛排来了。这是讽刺小说的话，我们不必认真，然而天下事却也有偶然暗合的，如《文殊师利问经》云：

"若为己杀，不得啖。若肉林中已自腐烂，欲食得食。若欲啖肉者，当说此咒：如是，无我无我，无寿命无寿命，失失，烧烧，破破，有为，除杀去。此咒三说，乃得啖肉，饭亦不食。何以故？若思惟饭不应食，何况当啖肉。"这个吃肉林中腐肉的办法岂不与陈鸡蛋很相像，那么烂果子黄菜叶也并不一定是无理，实在也只是比不食菜心更彻底一点罢了。

二十年十一月十八日，于北平

关于扫墓

清明将到了，各处人民都将举行扫墓的仪式。中国社会向来是家族本位的，因此又自然是精灵崇拜的，对于墓祭这件事便十分看得重要。明末张岱著《梦忆》卷一有《越俗扫墓》一则云：

"越俗扫墓，男女炫服靓装，画船箫鼓，如杭州人游湖，厚人薄鬼，率以为常。二十年前，中人之家尚用平水屋帻船，男女分两截坐，不坐船，不鼓吹，先辈谑之曰，以结上文两节之意。后渐华靡，虽监门小户男女必用两座船，必巾，必鼓吹，必欢呼畅饮，下午必就其路之所近游庵堂寺院及士大夫家花园，鼓吹近城必吹海东青独行千里，锣鼓错杂，酒徒沾醉必岸帻嚣嚎，唱无字曲,或舟中攘臂与侪列厮打。自三月朔至夏至,填城溢国,日日如之。乙酉方兵,画江而守,虽鱼舰菱舠收拾略尽,坟垅数十里而遥,子孙数人挑鱼肉楮钱徒步往返之,妇女不得出城者三岁矣。萧索凄凉,亦物极必反之一。"清嘉庆时顾禄著《清嘉录》十二卷,其三月之卷中有纪上坟者云:

"士庶并出祭祖先坟墓,谓之上坟,间有婿拜外父母墓者。以清明前一日至立夏日止,道远则泛舟具馔以往,近则提壶担盒而出。挑新土,烧楮钱,祭山神,奠坟邻,皆向来之旧俗也。凡新娶妇必挈以同行,谓之上花坟。新葬者又皆在社前祭扫,谚云,新坟不过社。"苏浙风俗本多相同,所以二书所说几乎一致,但是在同一地方却也不是全无差异,盖乡风之下又有不同的家风,如故乡东陶坊中西邻栋姓,上坟仪注极为繁重,自洗脸献茶烟以至三献,费半天的功夫,而东边桥头寿姓又极简单,据说只一人坐脚桨船至坟前焚香楮而回,自己则从袖中出"洞里火烧"数个当饭吃而已。明刘侗著《帝京景物略》卷二春场中云:

"三月清明日男女扫墓,担提尊榼,轿马后挂楮锭，粲粲然满道也。拜者，酹者，哭者，为墓除草添土者，焚楮锭次，以纸钱置坟头，望中元纸钱则孤坟矣。哭罢，不归也，趋芳树，择园圃，列坐尽醉，有歌者。哭笑无端，哀往而乐回也。"清富察敦崇著《燕京岁时记》云：

"清明即寒食，又曰禁烟节，古人最重之，今人不为节，但儿童戴柳，祭扫坟茔而已。世族之祭扫者，于祭品之外以五色纸钱制成幡盖，陈于墓左，祭毕子孙亲执于墓门之外而焚之，谓之佛多，民间无用者。"以上两则都是说北京的事，可是与苏浙相比又觉得相去不远，所不同者只是没有画船箫鼓罢了。上坟的风俗固然含有伦理的意义，有人很是赞成，就是当作诗画的材料也是颇好的，不过这似乎有点不能长保，是很可惜的事。盖扫墓非土著不可，如《景物略》记清明云："是日簪柳，游高梁桥，曰踏青，多四方客未归者，祭扫日感念出游。"客只能踏青而已，何益于事哉。而近来人民以职业等等关系去其家乡者日益众多，归里扫墓之事很不容易了，欲四方客未归者上坟是犹劝饥民食肉糜也。至于民族扫墓之说，于今二年，鄙人则不大赞同，此事不很好说，但老友张溥泉君久在西北，当能知鄙意耳。

二十四年三月